DAS KONZIL

Band 3 der Atragon-Trilogie

Impressum:

© Rainer Stecher, 2025

Covergestaltung: Rainer Stecher

Lektorat: Rainer Stecher

ISBN: 978-3-8192-7713-9

Verlag:

BoD· Books on Demand GmbH,

Überseering 33, 22297 Hamburg,

bod@bod.de

Druck:

Libri Plureos GmbH,

Friedensallee 273, 22763 Hamburg

Solange der Mensch nicht Frieden
macht mit sich selbst,
wird er ihn anderswo nicht finden.

PROLOG

Es heißt, erlittener Schmerz bewahrt die Erinnerung an das Erlebte. Aber die Zeit vergeht ohne Rast und tilgt die Schreckensherrschaft der Wächter und Sammler aus dem Gedächtnis der Menschen. Kaum, dass sie den eisigen Gefängnissen von Trong entkommen sind und die Grenzen gefallener Königreiche überschreiten, nehmen sie das Land in Besitz und raffen die Trümmer zu neuer Macht und Größe.

Zwar schwinden allmählich die Narben von Krieg und Zerstörung, neue Siedlungen und Dörfer entstehen und auch Taurons Mauern finden mehr und mehr zu alter Stärke zurück, doch die Zahl der Menschen ist klein und das weite Land braucht Zeit, um die dunklen Schatten von einst abzustreifen. So fechten sie blutige Kämpfe um Wasser, Vieh und Ackerflächen – kleine Oasen des Lebens in einer Welt des Hungers. Wer soll sich ihrer erbarmen? Der Starke besiegt den Schwachen, so ist es seit Anbeginn der

Zeit. Ein Gesetz, das ungeschrieben die Herzen der Menschen in jedem Winkel dieser Welt vergiftet. So verstreichen die Jahre und ein neuer Nährboden für Krieg und Verderben reift heran. Marodierende Banden ziehen schwer bewaffnet durchs Land. Sie plündern die Hütten der Dörfer und Siedlungen und verbreiten Angst und Schrecken. Niemand tritt ihnen entgegen, und jene, die es wagen, verlieren ihr Leben. Meist findet man sie bleich und kalt im Winde baumelnd an einem Ast erhängt. Sie tragen den Namen *Rogan* eingeritzt auf ihrer Brust, der flüsternd nur und hinter vorgehaltener Hand gesprochen wird. Doch nimmt der Wind ihn mit und trägt ihn über kahle Ebenen hinweg nach Atragon, ins Reich der Feen.

KAPITEL I

DER TRAUM

Man sagt, Feen können nicht träumen.

Adinofis trat ans Fenster ihres Schlafgemachs. Draußen war es kühl. Nachdenklich hüllte sie sich fester in ihre flauschige weiße Decke. Sie legte den Kopf in den Nacken, schloss die Augen und lauschte dem Gezänk der Spatzen, die schon früh begonnen hatten, die schreienden Hälse ihrer Jungen mit Futter zu stopfen. Bei dem Gedanken, die Mühsal der kleinen Himmelsstürmer mit einem magischen Spruch etwas abzumildern, zog ein verschmitztes Lächeln über ihre Mundwinkel.

Nach der langen Nacht tat ihr die Ablenkung gut. In tiefen Zügen atmete sie die frische Morgenluft und ließ sich in einen breiten gepolsterten Sessel fallen, von denen drei weitere um einen runden Holztisch neben ihrem Bett gruppiert standen. Gedankenverloren wanderte ihr Blick aus dem Fenster über den mit Blumen bestückten Balkon und verlor sich in der Ferne, wo ein zarter Sonnenstrahl den Morgendunst durchbrach. Vor wenigen Minuten war sie aufgewacht. Seitdem dachte sie über ihren Traum nach, aus dem sie in der Nacht schreiend und in Schweiß gebadet aufgeschreckt war. Seine Bedeutung blieb ihr ebenso verschlossen wie der Name Rogan, der darin vorkam.

Seufzend rieb sie sich den Schlaf aus den Augen. Jemand hatte an der Tür geklopft. Das Geräusch war so leise gewesen, dass sie es fast überhört hätte. Sie wandte den Kopf und sah Salina im Türrahmen stehen.

„Du hier?" Sie winkte ihre Freundin zu sich, die nur zögernd näher trat. „Na, komm schon, komm rein! Die Nacht ist ohnehin vorbei." Sie schien vergessen zu haben, dass Salina seit ihrer Beförderung zur Centura des Heeres nahezu jeden Tag eine neue farbenprächtige Robe trug, und musterte den blauen Seidenstoff an ihrem Körper, der mit kleinen Sternen üppig bestickt war und ihre schlanke Figur vorteilhaft zur Geltung brachte.

„Diese Farbe sollten wir im Rat einführen", meinte Adinofis, während sie lächelnd auf sie zuging.

„Ein Wort genügt ..."

Adinofis winkte ab. „Komm, setz dich!" Sie wies einladend auf einen der Sessel. „Möchtest du was trinken?"

„Den neuen Trank, wenn du hast. Du weißt schon ..."

„Du meinst ... Perlsaft?"

„Ja! Aber deswegen bin ich nicht gekommen", versicherte Salina.

Indes kam Adinofis mit Gläsern und einem Krug zurück und goss sich und Salina ein: „Zu deinem Besuch kommen wir später. – Wusstest du, dass Isonde die Traube zu Ehren der Liebe gezüchtet hat? Zumindest sagt sie das. Ich glaube, sie tat es mehr zu ihrem Vergnügen."

Adinofis lachte, während sie das Glas zur Hand nahm und Salina zuprostete: „Also, trinken wir auf deine Beförderung. Und was danach noch kommt."

„Was soll noch kommen?" Salina nahm verwundert das Glas von den Lippen, warf ihr langes rotes Haar zurück und blickte auf.

„Das Amt der Hohenpriostine vielleicht?"

„Nein, Adinofis! Ich bin noch lange nicht ..."

„Doch, das bist du", unterbrach sie Salina. „Du bringst alles mit, was nötig ist: Treue, Klugheit, Durchsetzungsvermögen, Wissen und ... Leidenschaft. Eine ganz wichtige Eigenschaft, um dieses Amt lebendig zu halten, darin aufzugehen. Mir fehlt schon lange die Kraft dazu."

„Und Cenotes, was sagt er dazu?"

„Er erfährt es morgen auf dem Greimberg." Ein warmes Lächeln huschte über ihre Lippen.

„Greimberg?" Sie sahen sich an und kicherten wie kleine Mädchen. „Warum dort?"

„Na ja, ..." Adinofis' Stimme wurde leise. „... in einigen Tagen steht seine Krönung an. Und ich denke, dass die Menschen es nicht verstehen werden, wenn ich anwesend bin. Ich meine, Fee und Mensch?"

„Hm! Schon vergessen: Loke, Nora, kleine Adinofis?" Salina stützte ihre Ellenbogen auf die Knie und sah ihrer Freundin fest in die Augen. „Liebst du ihn?"

„Darum geht es nicht." Adinofis strich Salinas Frage mit einer Handbewegung weg, als würde sie eine lästige Fliege verscheuchen. „Wir kennen uns jetzt, ich weiß nicht genau ... viele Jahre. Liebe war nie unser Problem. Der Schritt in seine Welt ist es."

„Warum?" Salina lehnte sich erstaunt zurück. „Das wird die beste Entscheidung deines Lebens."

Adinofis holte tief Luft. Ihre Stimme klang plötzlich hart und fest. „Cenotes ist ein Mensch. In ihm schlummern dieselben Eigenschaften wie bei jedem Menschen. Habe ich den Schritt einmal vollzogen, kann ich nicht mehr zurück. Du kennst das neue Gesetz des Rates. Dann gibt es kein Zepter mehr, keine Magie, keine Macht. Ich wäre aus Fleisch und Blut und so verletzlich wie jeder andere Mensch auch."

„Ahhh!" Salina verzog das Gesicht, als wäre sie tief beeindruckt. „Das nenne ich Liebe."

„Mach dich nicht lustig! Du kennst die Menschen nicht. Ich weiß, wozu sie fähig sind und wie sie es mit der Wahrheit halten."

„Na gut, du wirst schon wissen ..." Salina hielt Adinofis ihr leeres Glas hin. „Komm, schenk noch mal ein!"

„Und worauf stoßen wir jetzt an?"

„Hm, keine Ahnung", kicherte Salina. „Auf dich?"

Adinofis schwieg.

„An was denkst du?", fragte Salina nach einer Weile. Ein fahler Schein fiel von draußen auf das Gesicht ihrer Freundin, ließ es müde und ausgezehrt erscheinen. Salina blickte in Augen, die mit dunklen Schatten unterlegt waren, auf spröde, farblose Lippen und leichte Höhlungen unter den Wangenknochen. Gewiss, Adinofis würde nie altern oder sterben wie die Menschen, doch die Male der jahrzehntelangen Strapazen im Kampf gegen Sartos waren nicht zu übersehen. Irgendetwas schien ihr offenbar noch größere Sorgen zu machen als die tägliche Mühsal ihrer Pflichten als Hohepriostine des Feenrates.

Salina lehnte sich mit dem Glas in der Hand zurück und schlug die Beine übereinander. Doch bevor sie ihrer Freundin zuprosten konnte, leerte Adinofis das Glas in einem Zug aus. Dann stellte sie es hart auf dem Tisch ab, sodass es zerbrach. Die Scherben fielen zu Boden, und als sie sich nach ihnen bücken wollte, zögerte sie und fragte Salina: „Sind wir Feen fehlbar?"

„Ja, sind wir", antwortete Salina, obwohl sie den Eindruck hatte, dass Adinofis mehr zu sich selbst sprach.

„Aber von uns hängt alles Leben ab, das Gleichgewicht der Kräfte, ja sogar unser eigenes Fortbestehen."

„Unser Fortbestehen? Wie meinst du das?" Salina stellte ihr Glas auf den Tisch zurück und begann die Scherben vom Boden aufzusammeln. Ihr war anzusehen, dass sie von all dem nichts verstanden hatte.

Adinofis überlegte: „Wie wäre es damit? – 'Der Starke siegt über den Schwachen'."

„Ja, und?", stöhnte Salina genervt und setzte sich wieder in den Sessel.

„Nun, dieses Gesetz ist so alt wie das Leben selbst. Neu für mich ist allerdings die Gewissheit, und das gilt besonders für die Menschen, dass sich daran nichts geändert hat und wahrscheinlich auch nie etwas ändern wird." Ihr Blick schweifte gedankenvoll durch den Raum und kehrte Sekunden später zu Salina zurück: „Sagt man nicht, dass erlittener Schmerz die Erinnerung an das Erlebte bewahrt?" Adinofis seufzte laut: „In diesen Worten steckt so wenig Wahrheit. Die Eiskammern von Trong sind aus dem Gedächtnis der Menschen verschwunden. Sie zerstören gerade den Keim einer Zukunft, für die in den letzten Jahren so viele gestorben sind. Das macht es mir so schwierig, in Cenotes' Welt zu treten. Verstehst du jetzt, Salina?"

„Dass du damit ein Problem hast, verstehe ich. Wer würde das nicht? Aber der Mensch war schon immer ein Raubtier und wird es auch in Zukunft sein."

„So ist es. Die Gier nach Reichtum und Macht treibt ihn an. Dabei stehen die Menschen am Abgrund und sehen ihn nicht. Von der Geburt bis zum Tod, nur Schmerz und Elend. War das unser Ziel?"

„Natürlich nicht", entgegnete Salina.

„Siehst du. Mit dem Wissen kann ich nicht in die Menschenwelt treten. Ich müsste ohnmächtig zusehen, wie sie sich zerstören." Adinofis stand auf, schlug die Hände auf den Rücken und lief nachdenklich auf und ab. Nach einer Weile drehte sie sich um und fragte Salina: „Erinnerst du dich an die Vision der alten Meriste, die uns vor der Schlacht um Tauron eine Niederlage vorausgesagt hatte? Wir standen im Ratssaal, schockiert von Thyras Gefangennahme und außerstande, irgendeine klare Entscheidung zu treffen. Sie mahnte uns zur Vorsicht, wies auf die unzerstörbare Brut dieses Schlächters hin."

„Meriste hatte viele Visionen", entgegnete Salina.

„Keine Vorstellung, was ich meine?"

„Nein, keine."

Adinofis winkte ab, trat an Salina heran und legte ihr die Hand auf die Schulter: „Es war die Schlacht um Tauron. Meriste warnte uns, die neue Brut von Sartos zu unterschätzen. Nun, die Schlacht ging verloren. Versagen wir jetzt wieder, wird der Blutzoll noch höher sein."

Salinas Blick verlor sich im Raum, als suche sie irgendwo nach einer Antwort. Doch man muss die Frage kennen, um eine Antwort zu geben. Und da fing es an. Sie war verwirrt, begann zu schwitzen und spürte eine große Leere im Kopf. Mit schmalen Augen stand sie auf, fuhr sich seufzend durchs Haar und begann mit ausladender Geste zu lachen: „Du erzählst von einer Vergangenheit, die wir alle kennen, die wir miterlebt haben, der niemand in Atragon widersprechen würde, und ich stehe hier mit einem Gefühl im Bauch, als würde sich jeden Moment ... Ich glaub, mir wird schlecht."

„Das ist der Perlsaft", erwiderte Adinofis ungerührt. „Möchtest du lieber Wasser?"

„Ach was", entgegnete Salina barsch und lehnte sich gegen die Tischkante. „Wie kannst du so ruhig bleiben? Das muss dich doch alarmieren."

„Alarmieren?" Adinofis drehte sich um und fiel stöhnend in ihren Sessel zurück. „Die Menschen müsste es alarmieren. Doch die sperren sich gegen die Erinnerung an das Erlebte in den Eiskammern von Trong, an die Morde, das Elend und ihre tägliche Flucht vor den Sammlern. Sie sperren sich gegen die Wahrheit. Sie verstecken sich lieber in der Masse – einem schützenden Gewand aus Meinungen. Schlag das Gewand zurück und du erkennst ihren Charakter. Nur wenige treten mutig darunter hervor und kämpfen für das, woran sie glauben. Meriste hat diese menschliche Schwäche einmal treffend beschrieben. Damals habe ich sie in Lystien an den heiligen Quellen ihres Volkes aufgesucht. Ich wollte von ihr erfahren, wie es um die Wahrheit bei den Menschen bestellt ist, besonders im Hinblick auf Cenotes, das noch ungeborene und von mir kurz zuvor gesegnete Kind von Königin Terofem. Du verstehst?" Salina nickte.

„Das war gar nicht so einfach. Meriste hat nie viele Worte gemacht, wie du weißt. Sie hat lange meditiert, ungewöhnlich lange. Sie kniete vor mir, wippte mit ihrem greisen Körper vor und zurück, hob dann plötzlich die Hand und sagte, als wäre sie zu Stein erstarrt: 'Das Gewand der Wahrheit ist dunkel für die Unwissenden, die Ängstlichen und Hoffnungslosen.' – Und, was sagt dir das?"

Salina zupfte nachdenklich an den Falten ihrer neuen Robe. Nach einer Weile hob sie den Kopf und erwiderte mit ernster Miene: „Wir stecken bis zum Hals in Schwierigkeiten?"

„Es geht um viel mehr als das, meine Liebe." Adinofis berührte den Brillanten an ihrem Ring am Finger und ergänzte: „Pass gut auf!"

Das Zimmer wurde dunkel, der Tisch vor ihnen verschwand und an seine Stelle trat das Bild einer langsam rotierenden durchsichtigen Kugel.

„Ist das die Sphäre des Lichts?", fragte Salina erstaunt.

Eine flüchtige Handbewegung von Adinofis schob das Bild näher an Salina heran, die ihren Arm spontan vor die Augen hielt.

„Ja! Das ist der Ort, in den wir eingehen, wenn wir zum Beispiel im Kampf unser Dasein verlieren oder die Rückkehr aus der körperlichen Menschenwelt in die Welt der Magie verpassen. Von dort gibt es keine Rückkehr. Uns bleibt nichts als eine nebelhafte Hülle, gefüllt mit unserem Geist und geformt aus Raum und Zeit. Im Laufe der Jahrtausende bildete sich in dieser Sphäre eine eigene Welt von körperlosen Feen, auf deren Geisteskraft der Hohe Rat irgendwann aufmerksam wurde. Diese Feen konnten, wenn sie ihre geistigen Kräfte bündelten, in die Zukunft sehen. Im Jahr 912 der Zeitrechnung, also noch vor Sartos, kam man überein, Krygon und Dagor, die einzigen männlichen

Feenwesen, als Verbindungsglieder zur Sphäre in den Hohen Rat zu berufen, denn ihre Fähigkeit, die Gedanken dieser Feen zu lesen, war einzigartig. Dalia hat das gewusst und für ihre Pläne genutzt."

Adinofis berührte erneut den Ring, das Bild erlosch. Sie stand auf und richtete ihre Haare: *Vielleicht kommt mein Traum über diesen Rogan ja direkt aus der Sphäre*, überlegte sie.

„Und was willst du jetzt tun? Soll der Rat die Menschen ein weiteres Mal vor ihrem Untergang retten? Sie müssen selbst lernen, ohne Krieg zu leben."

Adinofis schüttelte verneinend den Kopf. „Nein, wir müssen das Denken der Menschen verändern, ihr Morden und Plündern im Keim ersticken und jedem Krieg vorbeugen. Denn was uns sonst bevorsteht, ist das Ende allen Seins, das Nichts – kein Schmerz, keine Angst, kein Leben. Wir würden uns in Atragon damit überflüssig machen und in der Sphäre des Lichts für immer verschwinden."

„Denkst du?"

Adinofis zuckte mit den Schultern: „Ich weiß nur, dass ich seit Tagen träume, und zwar immer den gleichen Traum. Er ist so realistisch, dass ich jede Nacht schweißgebadet aufschrecke und Minuten brauche, um zu mir zu finden."

„Träumen?" Salina sprang auf. Die Worte fielen wie Perlen aus ihrem Mund. „Menschen träumen, aber wir? Da fällt mir ein, du bist halbmenschlich, vielleicht kannst du deswegen träumen." Sie griff sich an die Stirn. „Vielleicht muss man das Leben fühlen, riechen und schmecken, um träumen zu können."

„Vielleicht, vielleicht, vielleicht! Das hilft mir nicht weiter", entgegnete Adinofis. „Was ich sagen will, ist: Ich träume von Reitern in blitzenden Rüstungen, mit Schilden und Lanzen, die mordend und plündernd über Siedlungen und Dörfer herfallen. Allen voran die Bande eines bartlosen Jünglings mit offenem Visier und einem gekreuzten Halbmond am Helm. Seine Männer nennen ihn Rogan. Manchmal sehe ich mich selbst mitten unter ihnen, höre ihre dumpfen Sprüche und ihr gellendes Gelächter. Selbst ihren faulen Atem kann ich riechen. Und dann denke ich an die Schlacht gegen Sartos und wünsche mir die Körper dieser Männer ebenso am Boden zerschmettert und ihre pestbeuligen Gesichter in Blut getaucht. Doch ich kann nichts tun. Ich suche mein Zepter, aber der Schaft am

Gürtel ist leer. Alles ist unheimlich, von einer bedrückenden hypnotischen Macht beseelt, die mir die Luft zum Atmen nimmt. Ich drehe mich im Sattel um, meine Blicke schweifen über die düsteren Gestalten und im aufsteigenden Dunst ihrer erhitzten Körper toben grausame Bilder. Ich sehe, wie sich der Mensch gegen sich selbst richtet: Bruder gegen Bruder, Vater gegen Sohn. Und ich sehe schreiende Mütter mit ihren leblosen Kindern im Arm. Das alles sehe ich, bis einer „Tauron!" schreit. Ein weiterer, noch einer, dann brüllen die Reiter den Namen der Stadt frenetisch im Chor. Und zum Takt ihrer Schreie schlagen ihre Schwerter gegen die Schilde. Und wenn ich diesen furchterregenden Anblick nicht mehr zu ertragen glaube, verschwimmt der Traum in der Dunkelheit und ich wache schreiend auf."

Adinofis starrte Salina an: „Ich fürchte diesen Traum, nicht meinetwegen. Nein! Ich denke, dieser Jüngling und seine Bande existieren wirklich. Sie bringen das Gleichgewicht des Lebens ins Schwanken."

„Wie kannst du dir sicher sein?", fragte Salina entsetzt. Die Wärme, die der Perlsaft noch vor Kurzem durch ihre Adern trieb, war verflogen.

„Ich bin mir nicht sicher. Vielleicht ist es wirklich nur ein Traum oder die Vision einer Zukunft – Bilder aus der Sphäre des Lichts. Ich weiß es nicht."

„Hat Cenotes damit was zu tun? Du hast damals den Leib seiner Mutter gesegnet. Er dürfte gar nicht existieren, vor allem nicht König werden." Salina rutschte im Sessel nach vorn und sah Adinofis fest in die Augen.

Adinofis rieb sich nachdenklich die Stirn.

„Und Tauron? Hast du da was Konkretes?"

„Nein", stöhnte Adinofis kopfschüttelnd. „Vielleicht nutzt die Bande die Stadt als Unterschlupf. Aber auch das weiß ich nicht."

„Oder sie wollen Tauron einnehmen."

„Alles ist möglich, Salina. Wer auch immer mir diesen Traum beschert, möchte, dass ich ihn ernst nehme. Ich brauche Antworten zu diesem Rogan."

„Rogan, Rogan", flüsterte Salina nachdenklich und setzte sich in den Sessel zurück, sprang auf und rief überschwänglich: „Aber ja! Die Jahrtausendberichte im Archiv, darin ist jede Geburt verzeichnet."

„Und wenn er seinen Namen geändert hat? Nach ihrer Befreiung aus Trong haben das viele Menschen getan."

Salina schüttelte verneinend den Kopf: „Nein, nein! Kein neugeborenes Kind hat die Kammer überlebt. Deiner Beschreibung nach wird er ein Vorgeborener sein, schätzungsweise zwanzig Jahre alt."

„Wie auch immer. Ich muss mir Klarheit verschaffen. Vielleicht finde ich im Archiv tatsächlich Antworten. Gill wird mich begleiten, sofern er seinen Rausch ausgeschlafen hat. Auch darüber muss noch geredet werden. Dein Krygon kam kurz nach Mitternacht und erzählte mir von einer Orgie in Rodolfs Kammer. Die haben wieder Bouster gespielt und Weinmoos getrunken."

„Ich weiß." Salina nickte betroffen. „Das war auch der Grund meines frühen Besuchs."

Adinofis erhob sich, um die Gläser wegzuräumen. Draußen war der Morgendunst verflogen, klar und hell strahlte die Sonne am Himmel. Nur flüchtig vernahm sie Salinas Regung, die sich anschickte, mit rauschendem Saum den Raum zu verlassen.

„Warte!" Adinofis wandte sich um. „Lebt die alte Meriste noch?"

Salina nickte überrascht: „Ihre Lebenskugel liegt noch im Archiv. Soll ich sie holen?"

„Nein", lachte Adinofis. „Ich brauche die lebende Meriste und die Elemente. Dann noch Anja, Thyra und natürlich alle Ratsmitglieder. Ich überlege, ein Konzil einzuberufen. Alle Probleme müssen auf den Tisch, und dann müssen Lösungen her."

Adinofis lief mit den Gläsern in der Hand auf und ab und beschrieb den Ablauf des Konzils, als hielte sie eine Rede vor dem Hohen Rat, wobei ihr Blick an irgendeinem Punkt im Raum manchmal hängen blieb.

„Ich denke, so sollten wir verfahren", endete sie nach einer Weile mitten im Satz. „Was meinst du?"

„Na ja, bei den Elementen ist die Frage, ob sie kommen. Du weißt ja, wie scheu sie sind."

„Ohne sie hat die Sitzung aber keinen Sinn. Sie haben das alles verursacht. Sie müssen kommen."

Als Salina den Raum verlassen hatte, sank Adinofis erschöpft in ihren Sessel und schloss müde die Augen: *Habe ich mich in Salina geirrt? Ist sie für das Amt der Hohenpriostine wirklich bereit? Gewiss, sie steht auf meiner Seite, doch erkennt sie die Gefahr, in der die Menschheit schwebt und mit ihr das Feenreich?* Adinofis blinzelte gegen das durchs Fenster einfallende Sonnenlicht. *Nein, sie wird sich noch beweisen. Ihr Verstand ist brillant, ebenso ihre Fähigkeit zu analysieren. Und der Hohe Rat vertraut ihren Entscheidungen.*

Adinofis stand auf, trat auf den Balkon und lehnte sich übers Geländer. Sie sah den Spatzen zu, die noch immer futterneidisch zankten und mit verwegenen Flugmanövern ein um das andere Mal dicht am Geländer vorbeiflogen, und suchte dabei Antworten auf diesen bartlosen Jüngling in ihrem Traum – welche Rolle er im Gleichgewicht des Lebens spielt und ob ein Konzil tatsächlich die Lösung ihrer Probleme ist. Zunächst aber musste sie ihrem Gehilfen einen Besuch abstatten. Ein weiteres Problem, das dringend einer Lösung bedurfte.

Das Unheil nimmt seinen Lauf

Fernes Donnergrollen schreckte Gill aus dem Schlaf. Er sah gähnend aus dem Fenster. Die Wolken zogen unterhalb des Gipfels von Atragon träge dahin. Darüber strahlte ihm ein blauer Mittagshimmel entgegen. Das war eine Zeit, in der er für gewöhnlich längst auf den Beinen war, sah man von den Tagen ab, an denen er nach einem

trunksüchtigen Bouster-Abend mit Rodolf Stunden benö-
tigte, um völlig verkatert wieder zu sich zu kommen. Und
von diesen Tagen gab es in letzter Zeit viele.

„Ich hoffe, du bist bald fertig!" Adinofis Stimme drang
gereizt durch das Flugloch in seine Schlafkammer.

Gill rieb sich die Augen, streckte seine Flügel und
strich gähnend durch sein zerzaustes Haar, während er seinen Blick im Zimmer schweifen ließ. Dort sah es aus wie
nach einer Schlacht: Seine braune Lederhose lag auf dem
Fußboden vor dem Fenster, die blaue Jacke hatte er offenbar als Kissen benutzt, und sein brauner Hut ...? Der lag
völlig platt gedrückt unterm Tisch. Die Strümpfe lagen auf
der einen Seite vom Bett und die Schuhe auf der anderen.

Hastig sammelte Gill seine Sachen zusammen, zog sich
an und flatterte wenige Augenblicke später auf den Flur.

„Na? Haben wir die Nacht wieder zum Tag gemacht?"
Adinofis Augen blitzten. „Was soll das? Muss ich jetzt
warten, bis sich mein trunksüchtiger Gehilfe vom Weinmoos erholt hat? Ganz Atragon spricht von deiner Orgie
mit Rodolf. Du bringst mich in Verruf, und dich mit. Wenn
das nicht aufhört, wirst du in der Küche Töpfe und Pfannen
schrubben, mein Lieber!"

Gill warf ihr einen verschämten Blick zu. Er wollte etwas erwidern, fand aber nicht gleich die passenden Worte. Und als er so weit war, hatte Adinofis sich bereits in Bewegung gesetzt. *Nicht übel*, dachte er, während er ihr mit heftigen Flügelschlägen folgte, *wirklich nicht übel. Rodolf füllt mich mit Weinmoos voll und kommt auch noch ungeschoren davon. Kein Wort über ihn, schuld bin immer nur ich. Ganz sicher hat mir dieser Bastard ein Rauschmittel in das Weinmoos gekippt, Blattgelee oder sowas.*

Gill griff sich an die Stirn, sein Kopf schmerzte. Als er wieder aufblickte, sah er, dass Adinofis durch den Westflügel der Cella ging. Und da sie gerade an der Übungshalle der Kriegerfeen vorüberkamen, aus der Lärm drang, blieb als Ziel nur das Archiv. Aber was wollte sie in dem verstaubten, mit Geburtsröhren und Schriftrollen vollgestopften Raum? Gehilfen war der Zutritt dort verboten.

Gill seufzte hörbar. Er wagte es nicht, Adinofis zu fragen. Die ganze Situation war angespannt genug und die Küche war das Letzte, was er jetzt gebrauchen konnte. Schließlich hatte er als ranghöchster Gehilfe einen Ruf zu verlieren. Und Rodolf, den würde er später noch Maß nehmen, so viel war sicher.

„Übrigens." Adinofis wandte den Kopf. „Ich weiß, dass Rodolf gestern Abend der Hauptakteur war. Krygon erzählte mir, dass er vor anderen Gehilfen mit seiner Trinkfestigkeit geprahlt hat." Sie blieb stehen, zog lächelnd die Augenbrauen hoch und zeigte versöhnlich auf ihren Nacken. „Na los, setz dich schon, du alter Trunkenbold!"

Kleinlaut kroch Gill unter ihre dichten Haare, während sie fortfuhr: „Und mit dem Weinmoos ist jetzt Schluss. Das Lager kommt unter die Aufsicht des Hohen Rates und wird nur noch zu offiziellen Anlässen geöffnet. Ich habe genug Probleme am Hals, da brauche ich nicht auch noch eure Ausschweifungen."

Gill kam neugierig unter dem Haar hervor.

„Ist es was Ernstes?"

Adinofis nickte und erzählte in knappen Sätzen von ihrem Traum und dem Besuch von Salina. Als sie das Archiv erreicht hatten, stützte sie ihre Hand gegen die schwere Eichentür und blickte Gill nachdenklich an.

„Also, was schlägst du vor?"

„Gehen wir rein und sehen nach", sagte er. „Im Jahrtausendbericht ist die Summe der Menschen angegeben, die vor und nach Sartos geboren wurden. Die Getöteten ziehst du davon ab, einschließlich derer, die später noch an den Folgen gestorben sind. Und dann ..."

Während Gill in bester Gehilfenmanier und großen Gesten seinen Plan erläuterte, öffnete Adinofis die Tür, trat ein und ließ mit verschränkten Armen ihren Blick schweifen: Rechts von ihr sah sie Hunderte in die Wand eingelassene Röhren mit den Lebenskugeln der Menschen. Links stand ein etwa drei Meter breites altes Holzregal, das bis zur Decke reichte und seine beste Zeit schon längst überschritten zu haben schien. Darin lagen Dutzende verstaubte Schriftrollen.

Hier muss aufgeräumt werden, unbedingt, dachte sie und runzelte verärgert die Stirn.

„Was ist?", fragte Gill.

„Was soll sein?"

„Deine Stirn, ich hab's gesehen. Sowas machst du nie."

„Hier willst du was finden? In dem Staub, nur eine Fackel und ein Tisch, den ein Flügelschlag von dir zerbrechen könnte?"

„Warts ab!", entgegnete Gill, flatterte wild mit den Armen rudernd auf eine Stelle am Regal zu und studierte ganz versessen die staubigen Schilder. Dabei murmelte er unverständlich vor sich hin. Inzwischen schlenderte Adinofis abwartend um den in der Mitte des Raums stehenden Tisch und blieb neben dem Regal stehen.

„Da!", rief Gill erleichtert, zerrte unter größter Anstrengung eine lederne Rolle aus dem Regal und warf sie stöhnend auf den Tisch. „In diesem Bericht steht alles drin."

„Und, was machen wir damit?" Adinofis wies auf die marmorierte Wand neben der Eingangstür. Gill sah auf, spürte, wie ihm die Röte ins Gesicht stieg und biss sich wütend auf die Lippe. Abwechselnd sah er mal auf die Wand, mal zu Adinofis, die ihm lächelnd zublinzelte.

„Aber ja, die Lebenskugeln", prustete er los und ließ sich kichernd auf die Schriftrolle fallen. „Wie dumm. Ab in den Küchentrakt, zu den Töpfen und Pfannen."

„Das ist noch lange nicht vom Tisch, mein Lieber", flüsterte Adinofis ernst, während sie sich vor die Wand hockte, um die darin eingelassenen und mit atragonischen Zeichen versehenen Röhren abzusuchen.

In der untersten Reihe fand sie den Schriftzug, der das „R" in der menschlichen Sprache zum Ausdruck brachte. Als sie ihn berührte, verblasste dieser Teil der Wand, wurde gläsern und gab den Blick auf eine mit winzigen Kugeln gefüllte Röhre frei, die sich knirschend aus der Wand schob.

„Oha!", staunte Gill, während er sich neugierig näherte. „In dieser Wand müssen ja Hunderte Röhren sein und das Zigtausendfache an Kugeln." Seine Augen leuchteten als hätte man einem Kind ein verbotenes Spielzeug in die Hand gegeben.

Indes öffnete Adinofis die gläserne Abdeckung, entnahm der Röhre eine kirschgroße, silbrig glänzende Kugel und zeigte mit spitzem Finger auf die von der „Flamme des Lebens" eingelassene Gravur.

„Hier, sieh! Die großen Schriftzeichen benennen den Namen des Geborenen. Die Kreuzförmigen darüber sind die Namen der Eltern. Und um deine Frage gleich vorwegzunehmen, die Kugeln der Verstorbenen lösen sich auf. Der winzige Flammeneinschluss darin, der das Leben desjenigen oder derjenigen anzeigt, vergeht und mit ihm die dazugehörige Kugel. Daher die vielen leeren Röhren."

„Aha", erwiderte Gill lakonisch, nahm Adinofis die Kugel aus der Hand und drehte sie neugierig hin und her. Bei ihm wirkte sie so riesig, was Adinofis leicht amüsierte.

Lächelnd streckte sie Gill die offene Hand entgegen: „Bei dem Gewicht solltest du deine Flügel schonen und besser auf meiner Handfläche Platz nehmen. Und während ich nach dem Namen suche, kannst du dir ja deine neue Errungenschaft näher ansehen."

Adinofis schüttete den Inhalt der Röhre in einen darunter stehenden Behälter und kramte mit der freien Hand in den eng aneinandergereihten Kugeln.

Es wird gewiss nicht schwer sein, herauszufinden, ob dieser Rogan tatsächlich existiert und wer seine Eltern sind, überlegte sie. *Die Flamme des Lebens würde eine Kugel niemals mit einem Einschluss versehen und dann willkürlich Namen darauf setzen. Selbst eine Kugel zu übersehen, ist ausgeschlossen. Salina kontrolliert die Schale mit der Lebensflamme zweimal täglich. Und ...*

In Adinofis kreisten die Gedanken. Schweiß trat auf ihre Stirn und mit jeder Kugel, die sie erfolglos umdrehte, wurde ihr Atem schneller. Schließlich sah sie wütend auf Gill und befahl ihm, Salina ins Archiv zu holen. Gill wusste zwar nicht warum, aber er machte sich sofort auf den Weg, während Adinofis mit ihrer Suche fortfuhr. Sie prüfte die Schriftzeichen der Röhren und fing am Ende der

Reihe wieder von vorn an. Als Salina das Archiv betrat, saß Adinofis verzweifelt am Boden und schien ihr Eintreffen gar nicht bemerkt zu haben. In der Hand hielt sie eine Kugel, die sie immer wieder durch die Finger gleiten ließ.

Salina richtete ihr Haar zu einem Knoten und setzte sich neben sie: „Ist das die Kugel?"

Adinofis sah auf. Die Verzweiflung war ihr anzusehen. „Die hier? Nein!" Sie warf die Kugel verächtlich beiseite. „Die gehört einem *Rufus*. Ich weiß wirklich nicht, wo ich noch suchen soll."

„Und deshalb sitzt du so betrübt da?" Salina setzte sich auf die andere Seite neben Adinofis und kramte selbst in den Kugeln herum.

„Da ist nichts!", schrie Adinofis sie an.

„Deinen Emotionen nach zu urteilen, wundert mich das nicht", stöhnte Salina und kramte weiter in dem Behälter herum.

„So, du denkst also, ich sei ..."

„Ja, du darfst dich nicht von deinen Gefühlen leiten lassen, Adinofis! Was, wenn deine beiden Wesenshälften zur gleichen Zeit Schattenbilder eines Geschehens erzeugen, das sowohl Vergangenes als auch Künftiges beschreibt?"

Adinofis schüttelte verneinend den Kopf.

„Dann ist es vielleicht die falsche Röhre."

„Kaum möglich."

„Und wenn doch?" Salina überlegte. „Vielleicht hat dieser *Rogan* einen Bruder oder eine Schwester. Der Anfangsbuchstabe bestimmt zwar die Röhre, die Kugel liegt aber in der des Geschwisterkindes."

Adinofis wurde leichenblass. Wie Schuppen fiel es ihr von den Augen. Sie sprang auf und starrte Salina entsetzt an: „Du denkst an Cenotes?"

Adinofis stand wie eine Salzsäule und stierte nachdenklich vor sich hin: *Ein Kind, gezeugt ohne Vater, gesegnet von ihr, einer Fee. 'Man bricht nicht die Gesetze des Hohen Rates', hatte Gill gewarnt. Und nun?* Mit fliegenden Händen suchte sie die Röhre mit der Bezeichnung „C" wie Cenotes, während Salina stumm zusah und ahnte, was geschehen war: Adinofis hatte in das Gleichgewicht des Lebens eingegriffen. Sie hat den Leib der Königin Terofem mit einem Kind gesegnet und so die Zukunft verändert – Cenotes, ein Kind mit magischen Fähigkeiten, der den Kampf der Menschen gegen das Ungeheuer Sartos anführen sollte, diese Welt aber nie hätte betreten dürfen.

Neben seiner Lebenskugel würde Adinofis die von *Rogan* finden – ihrem Traum nach ein bartloser Jüngling und Bandit mit einer bewaffneten Gefolgschaft. Sie besaßen zwar die gleiche Mutter (Königin Terofem), doch nur *Rogan* hätte als leiblicher Sohn des Königs Anspruch auf den Thron. Und der würde sein Recht mit dem Schwert erstreiten. Ihn vorher aufzuspüren ist sicher nicht schwer, ein Bandit hinterlässt Spuren – blutige Spuren. Und die werden Atragons Engel schon finden, so viel war sicher.

KAPITEL II

EIN STURM ZIEHT AUF

Während Adinofis am nächsten Tag nach Tauron auf-
brach, um Cenotes von seinem Halbbruder Rogan und dessen Anspruch auf die Krone zu berichten, rumpelte eine
mit Rüben beladene schiefe Pferdekarre über einen kaum
befahrenen Weg nach Tauron.

Es war heiß und trocken.

Gelassen hielt der alte Bauer mit seinen knochigen
Händen die Zügel und dirigierte zwei alte Ackergäule ab
und an mit einem schrillen Pfiff oder einem leichten Zug
an den Riemen. Tiefe Falten durchzogen sein Gesicht, die
Lippen waren spröde und über den Augen, die ihm vor
Müdigkeit manchmal zufielen, wuchsen buschige Brauen.
Ein löchriger, breitkrempiger Hut schützte ihn so recht und
schlecht vor der Sonne. Sein Hemd, die dünne graue Jacke

darüber und die Schuhe waren zerschlissen, und seine Hose wurde von einem Strick aus gedrehtem Bast gehalten. Die Rüben wollte er auf dem Markt in klingende Münze verwandeln und neue Waren kaufen. Seit ein paar Jahren ging der Handel in Tauron gut. Aber die Menschen in den Dörfern nutzten diesen einzigen Markt nicht nur für ihre Geschäfte, dort suchte und traf man sich, erzählte sich Neuigkeiten oder sammelte Hinweise auf verschollene Menschen aus der Zeit der dunklen Jahre. Und man tauschte sich über die umherstreifenden Banden aus.

Leise pfiff der Alte zwischen seinen Zahnlücken eine Melodie. Er schien nicht sonderlich interessiert, einen gangbaren Weg zu fahren. Er lenkte den schwer beladenen Karren mit müdem Blick und achtete nicht auf Einbrüche im Boden, auf große Steine oder schweres Wurzelwerk. Das Ächzen und Knarren der Räder war zuweilen so laut, dass man meinte, sie würden unter der Last der schwankenden Fuhre zerbrechen. Doch der Alte kannte die verschlungenen Wege abseits früherer Handelsstraßen recht gut. Er hatte sie schon viele Male befahren und war so den Überfällen marodierender Banden entgangen. Trotzdem war ihm nicht gerade wohl ums Herz. Er sorgte sich um seine Frau, die für eine so beschwerliche Reise zu alt und gebrechlich war und einem möglichen Angriff auf sein Dorf nun schutzlos ausgeliefert sein würde. Er dachte an die dunkle Zeit zurück, an die jahrelange Flucht vor den fliegenden Monstern und wie seine Frau und er dann doch ins Netz dieser Ungeheuer und später in die Eiskammern von Trong gerieten. Doch wie viele seiner Landsleute hatten auch sie dieses Grauen überlebt und sich ein neues Heim geschaffen. Es war nicht die stabilste Hütte. Grob zusammengezimmert blies häufig der Wind durch die Ritzen und oftmals ging das Holz aus, um neues Feuer im Kamin zu entfachen. Aber es war ihr Heim, hinter dem er ein kleines Rübenfeld angelegt hatte, das aber seit Langem nicht mehr genug zum Leben abwarf. Ohne Hilfe konnte er es kaum noch bewirtschaften, und Kinder hatte er nicht.

Der alte Mann schob seinen Hut aus der Stirn, zog ein Tuch aus der Hosentasche und wischte sich den Schweiß von der Stirn. Die Sonne brannte erbarmungslos. Er hob den Kopf, suchte aber vergeblich nach Wolken, die Regen verheißen könnten.

„Meine Gäule dürsten – und ich auch, verdammt", murmelte er mit staubtrockener Stimme. „Und du, Herrin des

Himmels, bringst uns diese Hitze." Sein Blick lag auf den Pferden, die vor Stunden den letzten Wasserlauf passiert hatten und deren Köpfe sich müde zur Erde neigten. „Haltet durch, meine treuen Pragoner. Bald könnt ihr saufen, bis euch die Bäuche platzen."

Er lenkte sein Gefährt an den Rand des Weges. Und als er zwischen Disteln und Gestrüpp zum Stehen kam, spürte er plötzlich eine Erschütterung im Boden. Er wandte sich auf dem Kutschbock um und sah in der Ferne eine gewaltige Staubwolke, die schnell näher kam und immer deutlicher eine große Reiterschar offenbarte. Mit gehetztem Hufschlag steuerte sie auf ihn zu. Die Nüstern ihrer Rösser waren weit und die Hälse lang. Das Trommeln der Hufe drang an sein Ohr. Schilde und Helme der Reiter blitzten in der Sonne ebenso wie die Schwerter an ihren Hüften.

Da hetzte ein Albtraum auf ihn zu – ein Bild des Schreckens, das er stockenden Herzens in sich aufnahm, unfähig zu reagieren. Einer in Fels gehauenen Figur gleich erstarrte sein gebrechlicher Körper. Sein Blick war auf diese unerbittlich heranjagende Front gerichtet, die alles unter sich zu begraben drohte. Keine Sekunde dachte er an Flucht oder daran, seinen alten Gäulen Fersengeld zu geben. Ein

Entkommen war unmöglich, die ersten Reiter jagten bereits heran und kreisten sein Gefährt ein.

Der Alte blickte auf einen Haufen zerlumpter Kerle mit Narben und eitrigen Beulen in ihren Fratzen und auf den nackten Armen und Beinen. Ihre Waffen waren zwar in ebensolchem Zustand wie sie, aber immer noch gefährlich genug, um ihn mit einem Streich zu zerteilen. So blieb er stumm und hielt seinen Blick abwartend auf die Angreifer gerichtet, während die Pferde an straffen Zügeln um ihn herumtänzelten.

Als einer der Männer auf ihn zugeritten kam, rückte er zurück an den Rand seines Kutschbocks und ließ die Zügel fallen. Ein Teil der Bande grölte ausgelassen und begann mit dumpfen Sprüchen das Geschirr seiner Pferde zu lösen, während ein anderer Teil damit beschäftigt war, die Ladung Rüben über den Boden zu verstreuen.

„Wasser, du dreckiger Bauer!", brüllte jener Reiter, der auf ihn zugeritten war. Ein bartloses Gesicht, nicht älter als zwanzig Jahre, sah ihn an: kantig, mit stechenden Augen und einer Narbe quer über der linken Wange. Dichtes braunes Haar wallte über seine Schultern, die Brust breit und kräftig, die Hüfte schmal. Unter einem weiten roten

Umhang, der auf den Schultern an breiten Ösen gebunden war, trug er einen ledernen Harnisch. Schild und Schwert steckten griffbereit seitlich am Sattel.

Ein Narr, der sich mit dem anlegt, dachte der Alte.

„Gib uns Wasser oder ich schlitz dir den Bauch bis zur Halskrause auf!" Längst hatte der Bartlose sein Schwert an die Kehle des Alten gelegt, der zu keuchen begann.

„Was ist?" Der Jüngling brüllte erneut, woraufhin sich die anderen um ihn gruppierten und laute Anfeuerungsrufe von sich gaben.

„Schlitz ihn auf!"

„Na, los!"

„Um das Bauernpack ist es nicht schade!"

„Soll er doch verrecken!"

„Genau, soll er!"

„Maul halten, ihr Bastarde!", brüllte der Jüngling und schwang die Schwertspitze nah am Brustkorb des Alten hin und her. Das versteckte Kopfschütteln seines daneben stehenden Kumpans verriet ihm indes, dass hier kein Wasser zu holen war: „Dann nehmt mit, was ihr findet!"

„Auch die Pferde, Rogan?", fragte ein Zahnloser aus den hinteren Reihen.

Das Gesicht des Jünglings wurde rot vor Wut. Abrupt wandte er sich dem Rufer zu, während die Umstehenden eine Gasse bildeten. Ein anderer zerrte den Zahnlosen heran und warf ihn vor dem Jüngling auf die Knie. Was der Alte nun sah, flößte ihm Entsetzen ein: Der Jüngling grinste den Knienden verächtlich an, der mit hängendem Kopf um Vergebung winselte. Dann stieß er ihm unvermittelt das Schwert mit solcher Wucht in die Brust, dass dessen Kettenhemd aufriss und er mit kehligem Röcheln nach hinten überkippte. Ungerührt sah sich der Jüngling um, während seine Männer in Ehrfurcht erstarrten.

„Eine Warnung für jene, die der Meinung sind, sie könnten meinen Namen in die Welt posaunen. Und was den Alten hier angeht – er hat kein Wasser, seine Pferde sind alt und nur für den Spieß gut." Der Jüngling ging auf den Alten zu, der noch immer wie erstarrt auf dem Kutschbock saß. „Du kannst von Glück reden, dass wir es eilig haben. Außerdem ist mein Durst nach Blut gestillt. Einige Stunden von hier entfernt liegt ein Dorf. Dort werden wir einkehren." Grinsend schob er sein Schwert in die Scheide und befahl seinen Männern, aufzusitzen. Noch während die Bande mit ihrer mageren Beute grölend davonritt, stieg das Pferd des Jünglings auf, schlug mit den Hufen durch die Luft und sprengte dicht an dem Alten vorbei.

Nachdem der Staub sich verzogen hatte, stieg der Alte zitternd vom Kutschbock. Kaum spürte er festen Boden unter den Füßen, versagten ihm die Beine und fiel stöhnend auf die Knie. Eine Weile verharrte er in diese Stellung, während sich sein Magen entleerte, dann sackte er in sich zusammen und schlug mit dem Kopf hart auf dem Boden auf. Kraftlos warf er noch einen Blick in den Himmel, dann schwanden ihm die Sinne und er versank im nebligen Dunst eines geisterhaften Vorhangs.

Als er wieder zu sich kam, drangen Stimmen an sein Ohr, und schattengleich huschten Gestalten in schwarzen Stiefeln und mit langen Umhängen bekleidet aufgeregt hin und her. Er drehte ein wenig den Kopf, nur so viel, wie es der Schmerz zuließ, und blinzelte gegen die Sonne.

„Halt still, alter Mann, nicht bewegen!" Die Stimme klang rau, aber vertrauenerweckend.

Hatte man ihn etwa gefunden? Die Gedanken des Alten gingen träge, sein Kopf schmerzte höllisch und der Staub brannte in seiner trockenen Kehle. Wieder drehte er den Kopf und sah in ein schwarzbärtiges Narbengesicht, das lächelte und ihn mit kleinen schielenden Augen ansah. Er trug einen breitkrempigen Hut, einen langen wettergegerbten Ledermantel und kaute ständig auf einem Holzstück herum.

„Wasser", flüsterte der Alte und leckte seine Lippen.

„Warte!" Das neben ihm kniende Narbengesicht drehte sich um und schrie aus Leibeskräften: „Bröser, ich brauch Wasser, bringt den Schlauch her!"

Der Alte sah, wie ein stämmiger Mann, hochgerüstet mit Harnisch, Schwert und Lanze, gemessenen Schrittes auf ihn zukam und dem Narbengesicht einen Wasserschlauch reichte. Kurz darauf trank er in langen Zügen das kühle Nass, während das Narbengesicht ihn immer wieder ermahnte, langsam zu trinken.

Als er fertig war, richtete der Alte sich auf, stützte seine Ellenbogen gegen die Erde, legte stöhnend den Kopf in den Nacken und sah sich um: Da waren schwerbewaffnete Männer, die den Rest seiner Rüben aufsammelten und auf den Wagen warfen. Ein neues Pferd wurde eingespannt und das Geschirr geflickt. Andere saßen im Halbkreis verteilt auf ihren Pferden als hielten sie Wache. Und wären da nicht diese höllischen Kopfschmerzen, er hätte sich ent-

spannt zurückgelehnt und im Stillen ein dankbares Stoß-
gebet an die Herrin des Himmels geschickt. Doch die
Schmerzen waren so vehement, dass die Luft vor seinen
Augen flimmerte. Und so verzichtete er vorerst auf das
Stoßgebet und befühlte seinen Hinterkopf, der einen Ver-
band aufwies.

„Wer hat dir das angetan?", fragte das Narbengesicht.

„Marodierende Kerle, beritten, schwer bewaffnet, vielleicht dreißig an der Zahl. Ich war auf dem Weg nach Tauron. Sie raubten meine Ware, meine Pferde und erschlugen
einen ihrer Kumpane." Der Alte deutete mit dem Kopf hinter sich. „Da hinten liegt er."

Das Narbengesicht nickte mit dem Kopf. „Wir kennen
den. Der gehört zu Rogans Bande. Wir sind seit dem Morgen hinter ihnen her, doch ihr Vorsprung war groß und sie
hatten genug Zeit, dir ihre Zuneigung zu zeigen."

„Zuneigung ist gut", grinste der Alte gequält und stand
ächzend auf. „Die Bande will sich irgendein Dorf vorneh-
men, einige Stunden von hier entfernt, und dann weiter
nach Tauron reiten."

„Tauron?" Das Narbengesicht dachte nach, während
seine Hand eifrig durch den Bart glitt. „Wir kommen von

Tauron, die Tore werden in drei Stunden geschlossen. Das schaffen die nicht." Er streckte seinen Arm aus und rief: „Bröser, komm mal her, aber schnell!" Bröser sprengte aus dem Halbkreis der Reiter heran und parierte sein Pferd so heftig neben dem Narbengesicht, dass es aufstieg.

„He! He, lernst du es nie, Bröser?" Das Narbengesicht griff in die Zügel des Pferdes. „Halt deinen Gaul auf Abstand, und nicht so übereifrig. Klar?"

Dem Alten schlug der Staub ins Gesicht. Prustend wischte er darüber hinweg. Auf dem Weg zu seiner Karre bekam er mit, dass das Narbengesicht aufbrechen wollte. Ein Teil seiner Männer sollte nach Tauron zurückkehren und die Bewohner der Stadt warnen. Der andere Teil sollte den Spuren der Bande folgen und sie dingfest machen. So bedankte sich der Alte bei dem Narbengesicht für das Pferd und den Wasserschlauch und wünschte ihnen eine erfolgreiche Jagd. Drei Stunden später steuerte er sein Gefährt auf das Haupttor Taurons zu, das nichts mehr mit dem in mächtigen Strebepfeilern verankerten eisenbeschlagenen Eichentor von einst zu tun hatte. Der Alte kannte die alte Wehranlage der Stadt gut, er hatte damals selbst daran mitgearbeitet.

Gewiss, auch heute konnte man die Stadt aus jeder Himmelsrichtung betreten. Doch, wo einst Zugbrücken und Wälle die Erstürmung der Stadt nahezu unmöglich machten, boten heute herabgelassene Holz- und Eisengitter und alte Eichentore, die windschief in verrosteten Angeln hingen, nur unzureichend Schutz. Bis auf die vier Brunnen an den Stadttoren, die man für Handelsreisende wieder gereinigt und bewässert hat, war der alte Glanz des mächtigen Tauron verschwunden.

„Wie soll das nur enden?", seufzte der Alte, während er sich mit großen Augen umsah. Erst jetzt bemerkte er die Stille. Vor Minuten hatte er den alten Trampelpfad verlassen und war auf den spärlich ausgebauten Handelsweg eingeschwenkt, auf dem für gewöhnlich regsame Geschäftigkeit herrschte. Händler, Gaukler, kreischende Kinder, Fahrensleute, Alte und Junge nutzten diese Straße, um in die Stadt oder zurück in ihre Dörfer zu kommen. Doch heute herrschte eine seltsame Ruhe, selbst auf dem weiten Platz vor dem Stadttor.

Neben dem Brunnen brachte der Alte seine Fuhre zum Stehen. Seine Kehle war staubtrocken und der Überfall vom Nachmittag saß ihm noch immer in den Knochen. So stieg er müde vom Bock, wischte sich den Schweiß von der Stirn, ließ den Eimer an einem Strick in den Brunnen hinab und zog in voll wieder hoch. Das kühle Nass erfrischte ihn anschließend sein Hengst. Dann zog er ein Tuch aus der Hosentasche, tauchte es in den Eimer und fuhr sich mit dem vor Nässe triefenden Fetzen übers Gesicht, während sein Blick über die Stadtmauer schweifte.

Er sah auf halb fertige Wachtürme und Schießscharten, schief gemauerte Strebepfeiler und grob behauene Steilwände, die mit unförmigen grauen Steinen aus der nahe gelegenen Kiesgrube durchsetzt waren. Auf diesem chaotischen Mauerwerk einen Torwächter zu finden stand für ihn ebenso in den Sternen wie die Frage, mit welch trügerischer Ruhe er es hier zu tun hatte.

Seufzend stieg er wieder auf seinen Kutschbock, legte die Hände wie einen Trichter an den Mund und schrie aus Leibeskräften: „Haalloo! Heee! Macht das Tor auf!"

Als sein Ruf verhallt und wieder Stille eingekehrt war, suchte er zwischen den Schießscharten nach einer menschlichen Regung. Doch die blieb aus. Ungläubig mit dem Kopf schüttelnd stieg er vom Wagen und stapfte mit wackligem Gang auf das Tor zu. Plötzlich hörte er jemanden schreien, dem Echo nach von der Mauer: „Was willst du hier? Geh deiner Wege. Der Markt ist geschlossen, die Stadttore sind zu. Hast du keine Augen im Kopf?"

Der Alte blieb stehen, schob seinen Hut in den Nacken und sah nach oben, wo er den Rufer ausmachte, dessen Kopf aus einer halbfertigen Schießscharte herausragte.

„Halt keine Vorträge, du Tölpel!", rief er zornig zurück. „Mach lieber das Tor auf! Ich weiß selbst, dass der Markt geschlossen ist. Trotzdem muss ich in die Stadt, oder willst du mich der Nacht zum Fraß vorwerfen?"

Der Alte fuchtelte wild mit den Armen in der Luft und stieß zornige Flüche gegen den Stadtwächter aus. Schließlich hatte er sich so in Rage geredet, dass er nicht bemerkte, wie das schwere Tor einen Spaltbreit geöffnet wurde und ein halb verhungertes, abgemagertes Wesen mit Schild, Lanze und einem verbeulten Eierhelm auf dem Kopf aus dem Schatten der Mauer trat. Gerade wollte er eine neue Schimpftirade loslassen, als er im Augenwinkel die Veränderung am Tor wahrnahm. Abrupt wandte er sich dem Mann zu, verharrte einen Moment in ungläubigem Staunen und wackelte dann mit weiten Schritten zu seinem Wagen zurück.

„Ich komme!", rief er der schmalbrüstigen Gestalt am Tor zu, bestieg seinen Kutschbock und riss mit einem gellenden Pfiff sein Pferd herum, das augenblicklich auf das Tor zugaloppierte. Doch das ging dem Alten zu schnell. Mit lauten Rufen stemmte er sich gegen den Zug des Pferdes und brachte es unmittelbar vor der abgemagerten Figur zum Stehen.

Ein Grinsen lief über sein Gesicht, als er von seinem Kutschbock auf den vor Schreck Erstarrten heruntersah. Der Alte deutete auf den verbeulten Helm und fragte: „Mehr als dich, hat diese Stadt nicht zu bieten?"

„Wir ... haben eine ... Bürgerwehr, aber die ist ..."

„Ihr Anführer hat Narben im Gesicht?"

„Ja, woher ...?"

„Zwei Stunden von hier", unterbrach der Alte die Wache. „Sie wollen eine Räuberbande dingfest machen."

Die knochige Gestalt winkte resigniert ab. „Es gibt so viele davon", entgegnete er, drehte sich um und öffnete das Tor, durch das der Alte seine Pferdekarre lenkte und im schwachen Licht einer tief stehenden Sonne zwischen den Häusern verschwand.

KAPITEL III

AUF DER JAGD

Zwei Stunden zuvor war das Narbengesicht mit seinen Männern südlich von Tauron auf eine umzäunte Siedlung gestoßen. Sie waren den Spuren einer größeren Reiterschar gefolgt und hofften, auf Rogans Bande zu treffen. Das Flügeltor war aus den Angeln gerissen und offenbar durch die Wucht des Ansturms der Pferde niedergetrampelt worden. Eine Wache war nicht zu sehen, was Angesicht der zu erwartenden Verfolgung auf eine gewisse Sorglosigkeit hindeutete.

Dem Narbengesicht kam dieser Umstand gelegen. Etwas Abseits ließ er absitzen und befahl seinen Leuten, sich in die Büsche zu schlagen und seinen Befehl zum Angriff abzuwarten. Kaum hatte er sich selbst hinter ein paar Sträuchern in Deckung gebracht, raschelte es neben ihm, sodass er glaubte, sich verraten zu haben. Einem Raubtier gleich presste er seinen Körper gegen den Boden und spähte zwischen die dürren Zweige hindurch auf die um einen Brunnen stehenden schilfbedeckten Lehmhütten.

Er hatte keine Angst vor Rogans Bande, wollte aber trotzdem vorbereitet sein. Und so zog er für alle Fälle sein Schwert aus der Scheide. Nichts durfte ihm entgehen und der Zeitpunkt seines Angriffes musste wohl überlegt sein. Die genaue Zahl seiner Gegner war ihm unbekannt, konkrete Angaben dazu hatte auch der Alte nicht machen können, und mit dessen Schätzungen konnte er ohnehin nichts anfangen. Dreißig bis vierzig Reiter hatte der Alte gesagt. Für seinen Haufen waren das zu viele. Er hatte nur etwa zwanzig unter Waffen.

Das Narbengesicht warf einen besorgten Blick nach links und rechts. Doch dort war alles ruhig. Nur das emsige Rascheln in den Büschen und am Boden verriet ihm, dass hier Leben war. Wieder fiel sein Blick auf die wenigen Lehmhütten. Auf dem freien Platz davor hielt sich eine kleine Gruppe auf. Sie führten ihre Pferde abwechselnd zu einem Brunnen und erfrischten sich anschließend selbst an dem Nass, das eine ältere Frau unter dem Gejohle der umherstehenden Männer aus dem Brunnen heraufzog. Der Blick des Narbengesichts schweifte über die Eingänge der Hütten, als eine junge Frau an den Haaren zum Dorfplatz geschleift wurde. Soweit er sehen konnte, schien der Kerl jung und von kräftiger Statur zu sein. Die junge Frau erhob sich. Der Kerl zerriss ihr Kleid und entblößte ihre Brust. Als sie sich wehrte, fiel sie nach einem rückhändigen Schlag erneut in den Staub. Da bemerkte das Narbengesicht, dass die Frau ein Kind auf dem Rücken trug, eingewickelt in Leinentücher.

Ein lauter Pfiff lenkte seinen Blick zurück zur Mitte des Dorfes. Zwei Bärtige, man hätte sie für Zwillinge halten können, gingen zielsicher auf das Mädchen zu, das mit den Enden ihres zerrissenen Kleides schluchzend versuchte, sich und ihr Kind zu bedecken, zerrten sie an den Armen hoch und warfen sie unter dem Gejohle ihrer Kumpane auf den Rand des Brunnens. Einer wollte sich an ihr bedienen. In dem Moment gab das Narbengesicht mit dem Ruf des Eichelhähers den Befehl zum Angriff.

Als die Männer der Bürgerwehr aus dem Dickicht brachen, nahmen bereits die ersten Bandenmitglieder Haken schlagend Reißaus, andere versuchten ihr Heil hinter den

Hütten. Der harte Kern gruppierte sich am Brunnen, um den Angriff abzuwehren. Doch der Kampf währte nur kurz. Der größte Teil der Bande war verschwunden, die Übrigen waren Maulhelden, ungeübt im Umgang mit Schwert und Lanze. Nur einer machte für kurze Zeit Probleme, den der Alte auf seinem Kutschbock als den Anführer beschrieb und den seine Kumpane Rogan nannten.

Im Laufe der nächsten halben Stunde machten sie acht Mann dingfest und platzierten sie gefesselt am Brunnen. Man verhörte sie der Reihe nach und drohte ihnen die schrecklichsten Qualen an, würden sie ihre Gräueltaten an den Dorfbewohnern nicht gestehen. In ihren Augen stand irre Angst und ihre bleichen meist zahnlosen Gesichter waren schweißnass.

Während die beiden Frauen nur leichte Verletzungen an Armen und Beinen davongetragen hatten, fand man in den Hütten die Leichen von Frauen, Männern, Greisen und Kindern – alle mit dem Schwert niedergestreckt und in ihrem Blut liegengelassen. Mit schreckgeweiteten Augen ging das Narbengesicht die Hütten ab. Und als er das Gemetzel in seinem ganzen Ausmaß gesehen und die Zahl der Opfer mit einem Kohlestück auf die Innenseite seines langen Ledermantels geschrieben hatte, gab er Befehl, die Toten zu bestatten und Wachen um das Dorf herum aufzustellen. Dann setzte er sich zu Bröser ans Feuer, das die Männer errichtet hatten und über dem ein Wildschwein hing. Eine Weile saßen sie stumm beieinander und stärkten sich, als das Narbengesicht fragte: „Du hast in der Schlacht um Tauron an Reimers Seite gekämpft?"

„Ja!" Bröser sah wortkarg ins lodernde Feuer. „Und Frau und zwei Kinder verloren."

„Das tut mir leid. Wie alt waren sie?"

„Zwölf und vierzehn. Was tut das zur Sache?"

„Ich will wissen, was dich treibt."

Bröser schwieg und drehte sein Gesicht aus dem Licht der Flammen: „Na, was schon?"

Das Narbengesicht seufzte hörbar: „Wir kriegen sie alle, verlass dich drauf, und sie werden baumeln. Ich kannte Reimer auch, aus der Schlacht gegen Sartos. Das ist jetzt wie viele Jahre her?" Er sah nachdenklich in den Sternenhimmel. „Hesaret, sein Sohn: Ein guter Kämpfer soll er sein, gut ausgebildet vom Vater und sein Bogen sei voller Kerben. Man sagt, er sei auf der Suche nach seinem Vater eine Zeit lang Mitglied einer Bande gewesen."

„Tja! Nach dem Sieg gegen Sartos gerieten viele auf Abwege", entgegnete Bröser und begann mit einem Holzspan in seinen Zähnen rumzustochern.

„Was denkst du, Bröser? Wie gehen wir es morgen an?" Das Narbengesicht stand auf, holte ein paar Äste und warf sie ins Feuer, das Funken sprühend aufloderte.

„Wir reiten von Süden auf Tauron zu. Auf diesem Weg ist das Risiko einer Befreiung klein. Freies Gelände und fester Untergrund. Niemand wäre so verwegen, da einen Angriff zu wagen."

Das Narbengesicht rieb sich den Bart: „Eine Stelle macht mir allerdings Sorgen, der dunkle Wald vor der Stadt. Das stehen hohe Fichten mit viel Unterholz."

Bröser nahm ein Messer, schnitt ein Stück Fleisch vom Braten, stopfte es sich in den Mund und meinte kauend: „Wir teilen die Gefangenen in zwei Gruppen und gehen getrennte Wege. Ganz einfach."

Das Narbengesicht nickte. Die Vorgehensweise fand seine Zustimmung. Ohne ein weiteres Wort streckte er seine Glieder und legte sich gähnend schlafen. Allmählich schlummerte er unter der Wärme des prasselnden Feuers ein, bis er plötzlich schreiend die Augen aufriss und sich gehetzt umsah. Doch um ihn herum war alles ruhig: Die Gefangenen lehnten gefesselt am Brunnen und schliefen, Bröser schnarchte so laut, dass selbst der in den Baumkronen rauschende Wind vor Neid erblassen musste, und die Wachen zogen im Dorf schattenhaft ihre Kreise.

Das Narbengesicht fiel stöhnend zurück auf sein Lager und versank wenig später erneut in einen tiefen Schlaf. Am Morgen brach die Bürgerwehr mit den Gefangenen auf. Es war kalt, Nebel lag über dem Dorf. Die Sonne hatte ihre Kraft noch nicht gefunden. Der Weg war beschwerlich. Da sie Flussläufe und Bäche passieren, in bewaldete Täler vordringen und dürftig bewachsene Anhöhen überwinden mussten, war es gut möglich, einige Pferde zu verlieren. In dem Fall hätten die Gefangenen laufen müssen, was das Narbengesicht am Abend zuvor bei einer Unterhaltung mit Bröser zu einem breiten Grinsen veranlasst hatte.

Eine Stunde vor Tauron machte sich in der Bürgerwehr Erschöpfung breit, und mit ihr kam der Unmut. Aber nicht allein der Marsch ließ die Männer müde werden. Die Gefahr, den Anführer der Bande durch einen Überfall seiner geflohenen Kumpane zu verlieren, beanspruchte ihre Wachsamkeit besonders. Überdies kam Wind auf, trieb dunkle Wolken heran und ließ ein schweres Gewitter erahnen. Die Männer begannen in ihrer dünnen Kleidung zu frieren, der Wind drang ihnen in die Knochen. Ihre Klagen wurden lauter und das Grinsen der Gefangenen immer offener. Das Narbengesicht hatte längst erkannt, dass die nachlassende Wachsamkeit seiner Männer eine zunehmende Gefahr darstellte und es nur eine Frage der Zeit sei, wann der erste Fluchtversuch unternommen würde.

Er war entschlossen, hart durchzugreifen und wenn nötig einen vor den Augen der anderen zu töten. Dazu winkte er Bröser zu sich, der seinen Rapphengst nach einem kurzen Galopp neben der braunen Stute des Narbengesichts parierte: „Verteil Fackeln und sag den Männern, sie sollen die Augen offen halten. Vor Tauron liegt noch ein dicht bewaldetes Stück Weg. Dieser Abschnitt ist gefährlich. Im Unterholz könnten Rogans Kumpane auf uns warten." Er deutete mit dem Kopf auf die Gefangenen, die gefesselt inmitten ihrer Bewacher ritten. „Bis jetzt hatten wir Glück, doch das kann sich schnell ändern." Er sah Bröser grimmig an und ergänzte: „Und noch eins: Hab ein wachsames Auge auf die Frauen. Der Wald ist unübersichtlich und die Männer sind hungrig. Du weißt, was ich meine."

Bröser nickte. Er riss sein Pferd herum, und während er zu den Gefangenen ritt, sah er besorgt in den Himmel auf. Der Wind blies inzwischen stärker, türmte hohe Wolkenberge auf, und es wurde immer dunkler.

Kaum hatte der Trupp den Waldrand erreicht, krachte der erste Donner. Der Wind rauschte in den Baumkronen und die Luft war erfüllt von Staub, trockenen Blättern und Zweigen. Längst war das Licht der Fackeln erloschen, nur grelle Blitze erhellten ab und zu das düstere unwegsame Gelände. Dann prasselte heftiger Regen auf die Erde und gewaltige Donner grollten darüber hinweg, sodass man sein eigenes Wort kaum verstand.

Ungeachtet der launenhaften Natur quälte sich der Trupp durchs nasse Unterholz. Die Männer folgten der bloßen Andeutung eines Pfades, der unter Farn, hohem Gras und abgebrochenem Astwerk verschwand. Trotz Sturm und peitschender Nässe war es dem Narbengesicht gelungen, die Gefangenen zusammenzuhalten. Den Plan, sie in zwei Gruppen aufzuteilen, hatte das Unwetter vereitelt. Jetzt dachte niemand mehr daran. Sie waren zu sehr damit beschäftigt, einen möglichst gangbaren Weg durch dieses Dickicht aus Gestrüpp und Wurzelwerk zu finden.

Bröser hielt die Zügel des Pferdes, auf dem Rogan saß, und zerrte so den ganzen Gefangenentross hinter sich her. Da krachte einige Meter neben ihm ein schwerer Ast zu Boden, die Pferde wieherten und scheuten vor der Naturgewalt. Bröser konnte sie kaum halten. Das Narbengesicht sah das, riss sich die Regenkappe vom Kopf und schrie mit ausgestrecktem Arm: „Bröser! Rechts von dir ist eine Lichtung! Dort rasten wir."

Kaum war die Truppe dort angelangt, fielen die Männer erschöpft vom Pferd. Niemand achtete auf die kauzigen Rufe im Wald. Nur Rogan, der aufrecht und grimmig im Sattel saß und sich um niemanden außer um sich selbst kümmerte, lauschte in die düstere Stille. Grinsend schweifte sein Blick über die Bürgerwehr hinweg. Er wusste, dass die Rufe nachgeahmt waren, er selbst hatte es seinen Männern beigebracht.

Ein paar Meter rechts von ihm sattelte das Narbengesicht sein Pferd ab. Einige Bewacher lagen erschöpft auf dem Waldboden und schliefen, andere streiften ziellos über die Lichtung. Und die zwei Frauen, die das Narbengesicht unter keinen Umständen im Dorf zurücklassen wollte, saßen auf Baumstümpfen und versuchten ihre

Kleidung zu trocknen, was bei der Nässe ringsum ein schier aussichtsloses Unterfangen war.

Wieder hallten die Rufe des Waldkauzes zu ihnen rüber. Rogan sah auf die Mitgefangenen und prüfte im Stillen die Chancen einer Flucht. Die Fesseln um seine Handgelenke saßen fest. Außerdem waren sie durch ein Seil mit den anderen Gefangenen verbunden, was die Flucht eines Einzelnen unmöglich machte. So blieb er ruhig, ließ seinen Kopf auf die Brust sinken und beobachtete unauffällig seine Umgebung.

Alles kam schließlich so, wie es kommen musste. Der Überfall geschah so plötzlich, wie der Regenschauer kurz zuvor auf sie niedergeprasselt war. Er ließ der Bürgerwehr keine Chance. Die Angreifer brachen zuhauf durchs Unterholz und tränkten den aufgeweichten Waldboden in kurzer Zeit mit dem Blut der Männer von Tauron. Schreckliche Schmerzensschreie hallten durch den Wald, Schwerter prallten klirrend aufeinander, schoben sich ins Fleisch der Gegner oder trennten Gliedmaßen von den mit Blut, Schweiß und Schlamm verschmierten Körpern. Nichts schien der überraschenden Wucht des Angriffs zu entgehen. Nur eine junge Frau blieb verschont. Man zerrte sie mit derben Sprüchen auf ein Pferd, und als die Truppe um Rogan das blutige Schlachtfeld verließ, nahm man sie als Gespielin mit. Ihr Ende war damit ebenso besiegelt wie das der alten Frau, die mit verrenkten Gliedern und einer klaffenden Brustwunde tot im regennassen Unterholz lag.

KAPITEL IV

BLUTIGER ZORN

Am Nachmittag zogen erneut dunkle Wolkentürme, tief am Himmel hängend, über die Lichtung des Todes. Doch der Regen blieb diesmal aus; im Westen hellte der Himmel bereits auf. Und wo am Vormittag noch laute Schmerzensschreie und Kampfeslärm durch die Bäume gedrungen war, schwebte nun eine bedrückende Stille. Selbst die aasfressenden Raben wagten es nicht, die vielen Leichen anzufliegen. Sie hockten zu Dutzenden scheinbar gleichgültig auf den Ästen, als bewachten sie die hingestreckte Beute. Nur ein einsamer Reiter führte sein Pferd in einiger Entfernung durch den Wald. Er fand die Stille seltsam, außerdem lag ein stark süßlicher Geruch in der Luft. Er kannte diesen Gestank blutenden Fleisches aus den Schlachten gegen Sartos.

Seine Augen starrten durch die Bäume. Er ging gebückt, die Augen verkniffen, um im Dunst des Waldes besser sehen zu können. Als er die Lichtung erreicht hatte, blieb er geschockt stehen. Beim Anblick der Leichen stockte ihm der Atem: abgetrennte Köpfe und Gliedmaßen, Münder die im Todesschrei erstarrt waren, aufgeschlitzte Bäuche, heraushängende Gedärme und von Tieren angefressene Körperteile. Behutsam stieg er über die Toten, als fürchtete er, sie aufzuwecken.

Ein Geräusch ließ ihn herumfahren: Das Narbengesicht kam zu sich. Seine Augen brannten wie Feuer und ein ekelerregender Blutgeschmack breitete sich in seinem Mund aus. Er vermied es, das widerliche Gemisch aus Speichel, Dreck und Blut herunterzuschlucken, öffnete den Mund und spie den Inhalt auf den Boden. Aus der Nähe drangen knackende Geräusche an sein Ohr.

Ist es noch immer nicht vorbei, dachte er und versuchte aufzustehen, als ein entsetzlicher Schmerz seine linke Hüfte durchzuckte. Er schrie gellend auf und sah an sich herunter: Die Hüfte war zertrümmert. Knochen, an denen blutige Fleischfetzen hingen, ragten aus einer faustgroßen Wunde heraus. Ihm wurde übel. Ohnmächtig fiel er wieder zwischen die Leichen und schloss die Augen. Als er zu sich kam, sank ein Schatten auf ihn herab. Instinktiv tastete er nach seinem Schwert, doch seine Hand griff ins Leere. Er streckte sie geschwächt von sich, nur noch bemüht, seine Augen offen zu halten.

Der Schatten stützte seinen Kopf und gab ihm Wasser zu trinken. Gierig schluckte er das kühle Nass, während seine Linke die Hand seines Wohltäters hielt.

„Wer bist du?", flüsterten seine blutverschmierten Lippen, dann spuckte er wieder sich in einem quälend langen Hustenanfall.

„Mein Name ist Hesaret. Sag, wer hat das getan?"

„Eine Bande von Mördern", presste das Narbengesicht unter Schmerzen hervor. „Rogan ist ihr Anführer."

Hesaret erstarrte, als er den Namen hörte. Er dachte an die Zeit der Suche nach seinem Vater, die ihn durch die fünf Königreiche geführt und in der er unglaubliches Elend gesehen hatte. In den wenigen noch existierenden Burganlagen hatte er sich für Essen und einen Schlafplatz als Hilfsarbeiter verdingt, bis ihm eines Tages vor den Toren einer halb verfallenen Burg ein Pferd zugelaufen kam. Sein Reiter lag einige Meter weiter in Stücke gehauen im Gebüsch. Später hörte er von den Bewohnern der Burg, dass die Rogan-Bande ihn hingerichtet hätte – was nicht ungewöhnlich war. Wo kein Gesetz, da tummeln sich Gesetzlose, für die ein Menschenleben keinen Wert hat. Die Rogan-Bande war die schlimmste. Sie brandschatzten, schändeten Frauen und Kinder und erschlugen die Männer. Man brauchte nur den schwarzen Rauchwolken zu folgen, um zu wissen, wo das nächste Dorf dem Erdboden gleichgemacht wurde. Und welches Ansinnen dieser Rogan gegen Tauron und seinen künftigen König Cenotes im Schilde führte, war ihm wohlbekannt. Die Menschen sprachen über nichts anderes.

„Und du?", fragte Hesaret. „Was bist du für einer?"

Das Narbengesicht schloss die Augen. Das Sprechen fiel ihm schwer, kaum dass er atmen konnte. Doch Hesaret ließ nicht locker. Er packte ihn bei den Schultern und schrie: „Rede!"

Das Narbengesicht öffnete die Augen und flüsterte: „Bin aus Tauron, hab sie gejagt."

Sein Kopf sank zur Seite.

Seufzend knüpfte Hesaret die Wasserflasche an seinen Gürtel, stand auf und holte sein Pferd.

„Ob du lebend in Tauron ankommst, weiß ich nicht", schimpfte er auf dem Rückweg vor sich hin. „Ich weiß nur, dass ich wieder mal inmitten von Leichen stehe. Dabei wollte ich heimkehren, zu meiner Ensine. Ich möchte ein Haus mit Gardinen vor den Fenstern, einen Blumengarten und zwei Kinder. Kannst du das verstehen, he?" Er kniete sich neben den vernarbten Tauraner und deute auf die Leichen: „Die hier sind Futter für die Krähen. Bleib ja am Leben!" Prüfend legte er die Finger an dessen Hals und flüsterte enttäuscht: „Schade ..., zu spät."

Hesaret stand auf, klopfte sich den Schmutz aus der Hose und sah sich noch einmal um. Da drang ein lautes Stöhnen an sein Ohr und kurz darauf schnellte ein blutiger Arm hilfesuchend in die Höhe. Ein großer Kerl kroch zwischen den Leibern hervor. Bevor der eine weitere Bewegung machen konnte, hielt Hesaret ihm sein Schwert an die Kehle: Ein seitlich gebundenes rotes Hüfttuch hatte ihn als Bandenmitglied von Rogan verraten. Er erinnerte sich, von einem solchen Tuch gehört zu haben.

Ein wildes, vollbärtiges Gesicht grinste ihm hämisch entgegen. Der Kerl stank bestialisch nach Blut, Kot und Urin. Sein breiter über der Brust verlaufener Schwertgurt war leer. Darunter hingen Stofffetzen, die einmal ein Hemd waren. Seine Hose war bis zu den Waden aufgerissen.

„Was willst du?", fragte der Kerl; seine Augen blitzten drohend. „Sei nicht dumm, Bursche! Hier gibt es viel zu holen ... bis auf Weiber. He, hier bleibt für jeden was."

Hesaret grinste verächtlich und schob die Schwertspitze an den Hals des Mannes: „Mach dir keine Hoffnung, ich kenne solche Typen wie dich. Ihr schneidet den Leuten die Nasen und Ohren ab, wenn sie nicht reden. Und reden sie, tut ihr es auch. Ihr kennt kein Erbarmen, seid nur aufs Morden und Plündern aus. Nein, du wirst in Tauron am Galgen enden."

„Na, das wird ein Spaß", entgegnete der Mann.

„Du möchtest Spaß?" In Hesarets Augen lag ein stechender Glanz. Der Mann vor ihm sah das und erschrak bis auf den Grund seiner Seele. Gehetzt sah er sich nach einem Schwert um, die verstreut auf dem Schlachtfeld lagen. Doch er kam nicht dazu, eins zu greifen. Plötzlich hing Hesaret dem Mann an der Kehle und wuchtete ihm das Knie in den Unterleib. Ein schmerzerfüllter Schrei hallte über die Lichtung.

„Wie viele seid ihr?!", schrie Hesaret.

„Ich weiß nicht, wovon du sprichst." Weiter konnte der Mann nicht sprechen. Hesarets Fußtritt nahm ihm die Luft zum Atmen. Er packte den Liegenden an seinem Schwertgurt und versetzte ihm mehrere Hiebe ins Gesicht und gegen das Kinn. Aus der Brust des Mannes drang ein unterdrücktes Stöhnen: „Hör auf, ich sag's ja! Hör auf!"

Hesaret zerrte den Mann in Bauchlage und band seine Hände und Füße mit Leinenfetzen zusammen.

„Und, wie viele? Mehr als ein Dutzend?"

Der Mann nickte keuchend.

„Wo ist euer Unterschlupf?"

Schweigen.

„Rede!" Hesaret versetzte dem Gefesselten mehrere Schläge gegen die Nieren. „Rede, verdammt, sonst geht das hier böse für dich aus."

„Im Korsaktal; im Schloss des toten Königs."

Hesaret stand auf und wischte sich den Schweiß von der Stirn. „Ich hätte dich gern mit dem Schwert bearbeitet, glaub mir. Doch der Henker von Tauron hat schon lange nichts mehr zu tun gehabt." Er zerrte den Mann bäuchlings auf den Sattel, band ihn fest und verließ den Wald. Hinter ihm begannen die Krähen mit lautem Gezänk ihr blutiges Werk. In wenigen Tagen würde nichts mehr auf dieser Lichtung an ein Gemetzel erinnern, dann würde der Anblick von reifen Beerbüschen, flink dahinhuschenden Eichhörnchen und im Wind rauschenden Baumkronen diesen Ort befrieden.

Ankunft in Tauron

Während Hesaret auf dem Weg nach Tauron jede Bewegung und jeden Laut zwischen den Bäumen und Büschen gewissenhaft registrierte – bereit, auf einen Hinterhalt von Rogan schnell zu reagieren, wurde der Wald allmählich lichter. Im matten Licht der untergehenden Sonne erkannte er die Silhouette der Stadt. Ein schmaler Pfad führte ihn aus dem Wald heraus auf eine weite brache Ackerfläche. Einst war sie die Kornkammer von Tauron und bot seinen Bewohnern ausreichend Nahrung. Jetzt war der Boden hart und trocken, dorniges Gestrüpp wucherte an vielen Stellen. Sartos' Herrschaft hatte den Boden über die vielen Jahre hinweg mit Leichen, Blut und Unrat vergiftet. All das war mit dem Regen ins Grundwasser gelangt, woran noch heute viele Tauraner elend zugrunde gingen. Deshalb karrten die Tauraner seit Monaten jede Woche im Schutz der königlichen Truppen nicht nur Mais, Korn und Rüben, sondern auch Quellwasser aus den Bergen in riesige Silos und Zisternen der Stadt. Ein ausgeklügeltes Leitungssystem versorgte die Bewohner bis zu den Brunnen außerhalb der Stadtmauer mit Wasser, sodass Reisende, Händler und Zugtiere bereits bei ihrer Ankunft sich erfrischen konnten. Dennoch beherrschten Durst und Hunger die im Wiederaufbau begriffene Stadt, und so mancher hatte beim Versuch, die von Saragon kommenden endlosen Getreide- und Wassertrecks zu überfallen, sein Leben gelassen.

Ohne jemandem zu begegnen, steuerte Hesaret mit seiner Fracht auf einen Brunnen zu, der neben einem mächtigen Strebepfeiler stand. Und während er sich umsah, ließ er hastig den Eimer in den Schacht. Da öffnete sich das schwere Tor. Ein Mann trat heraus, der seiner Kleidung nach in gehobener Stellung zu sein schien. Unter seiner silbrig glänzenden Rüstung, die auf eine feine handwerkliche Verarbeitung hindeutete, trug er einen grünen Rock, dessen Enden unter der Bauchpanzerung hervorlugten. Mit festem Schritt ging er auf Hesaret zu, baute sich herrisch vor ihm auf, warf sein langes rotgelocktes Haar zurück und fragte mit tiefer Stimme: „Welchen Kerl schleppst du da mit dir rum?"

Hesaret ließ ihn links liegen und zog den Wassereimer über den Brunnenrand.

„Du willst sterben? Dann trink! Ich würde es nicht tun."

Hesaret sah den Mann erstaunt an.

„Das Wasser ist vergiftet. Prinz Cenotes befahl, alle Leichen der Stadt in die Brunnen außerhalb der Stadtmauer zu werfen."

„Prinz Cenotes?" Hesaret lachte ungläubig. „Der künftige König?"

„Ja!"

„Warum sollte er das tun?"

Ein verächtliches Grinsen zog über das Gesicht seines Gegenübers, dessen braune Augen plötzlich klein wurden: „Wegen der Banditen, du Dummkopf."

Hesaret zeigte auf seinen Gefangenen, der wie ein Mehlsack auf dem Sattel lag und nach Wasser wimmerte: „So einen wie den?"

„Darüber darf ich nicht sprechen. Weiß ich, ob ihr nicht zu dem da gehört und eure Ankunft eine abgekartete Sache ist, um in die Stadt zu gelangen?" Er fuhr sich nachdenklich durchs Haar und zeigte dann auf den Gefangenen: „Wo habt ihr den Kerl überhaupt her?"

Hesaret schlug seinen Umhang zurück, legte demonstrativ seine Hand auf den Schwertknauf und begann dem Rotschopf von den Ereignissen auf der Lichtung zu erzählen. Kaum, dass er geendet hatte, schob der Mann seine Finger zwischen die Lippen und stieß einen gellenden Pfiff aus. Sofort stürmten sechs berittene Männer aus dem Tor und stellten sich neben dem Brunnen im Halbkreis auf. Augenblicke später zerrte der Rotschopf an den Haaren des Gefangenen, dass dessen Kopf zurückschnellte, und schrie ihm ins Gesicht: „Dafür wirst du bluten. Ich hatte Freunde bei der Truppe, du verfluchter Hund!"

Mit Blick auf seine Kameraden verlor er ein paar Worte zu den Ereignissen und wandte sich dann wieder dem Gefangenen zu: „Rede, du Bastard! Was will Rogan in Tauron?" Ungeduldig winkte er einem der Männer aus der Gruppe zu und rief: „Los, zeig diesem Kerl, was Schmerzen sind!"

Dem Gefangenen wurde eine Schlinge um die auf dem Rücken gebundenen Handgelenke gelegt. Man riss ihn vom Pferd, sodass er von Schmerzen schreiend auf dem steinigen Boden aufschlug, und befestigte das andere Seilende am Sattelknauf. Der Befohlene schwang sich in den Sattel und gab seinem Pferd die Sporen. Mit weiten Sätzen jagte er über den harten steinigen Vorplatz.

Hesaret blieb stumm vor Entsetzen. Unfähig sich dem grausamen Spiel entgegenzustellen, sah er zu, wie der Pragoner-Hengst einen weiten Bogen schlug und mit gehetztem Hufschlag auf ihn zu sprengte.

Als er zum Stehen kam und die Staubwolke sich verzogen hatte, lag der von tiefen Wunden gezeichnete Leib des Gefangenen reglos am Boden. Er schien mehr tot als lebendig, kein Laut drang aus seinem Mund. Er hatte die Augen geschlossen und der letzte Fetzen Stoff war ihm vom Körper gerissen. Der Mann war ein einziger blutender Fleischklumpen, mit herausgerissenen Schultergelenken und offen liegenden Hüftknochen. Nur sein Schwertgurt schien ihm erhalten geblieben.

Hesaret war von der grausamen Behandlung des Gefangenen überrascht. Gewiss, Rogans Bande hatte gegenüber seinen Feinden nicht weniger Skrupel, und sicher waren ihm auch alle gängigen Foltermethoden bekannt, um einen Gefangenen zum Reden zu bringen. Doch diese Männer hier befanden sich im Dienst des künftigen Königs. Er stand wie versteinert neben dem Brunnen. Der Rotschopf dagegen glühte vor Wut. Und seine Männer waren gnadenlos, zumal es bei der ermordeten Bürgerwehr um ihre Gefolgsleute ging. Jeder Widerspruch wäre für sie gewiss nicht folgenlos geblieben.

„Werft ihn ins Verlies", befahl er den Männern, „und bereitet das Verhör vor!" Während die Männer den Gefangenen hinter sich her schleiften, veränderte sich die Miene des Rotschopfs zu einem Lächeln. Mit großer Geste erklärte er Hesaret die Brutalität seiner Leute: „Wir sind vorbereitet auf jeden Angriff. Meine Leute sind gut ausgebildet und der Henker braucht schon lange Arbeit. Gut, dass du uns diesen Hurensohn gebracht hast."

„Und warum sind die Brunnen vergiftet?"

„Der König hat schon lange den Verdacht, dass Banditen die Stadt überfallen werden. Deshalb ließ er sie vergiften und gab Anweisung, auf Reisende wie euch zu achten und sie vor dem Wasser zu warnen." Seine Augen bekamen einen stechenden Glanz. „Und du, was willst du in Tauron?"

„Essen, schlafen! Morgen reite ich weiter." Hesaret schien es nicht ratsam, auf seine Reisepläne weiter einzugehen, der Mann war unberechenbar.

Als das Tor hinter ihm zuschlug, wies der Rotschopf noch einmal auf die vergifteten Brunnen außerhalb der Stadtmauer hin: „Wir hatten heute schon einen Fall, der tödlich endete." Hesaret saß bereits im Sattel, sein Pferd trabte langsam an. „Ein alter Mann, der mit seinem Fuhrwerk zum Markt wollte." Kaum gesagt, verschwand der Rotschopf in einem flachen Steinbau, dessen Fenster mit starken Eisenstäben vergittert waren.

Hesaret richtete seinen Blick nach vorn. Bei nächster Gelegenheit würde er dem Feuerkopf eine Lektion über die Behandlung von Gefangenen erteilen. Doch im Augenblick hatte er keine Lust, irgendwelche Gedanken an ihn zu verschwenden. Er war hungrig und müde und wollte am nächsten Morgen nach Hause reiten, zu Ensine in die Berge. Zwei Tagesritte würde es dauern, soviel war sicher.

Unvermittelt strich er sich über die Stirn als wollte er etwas Nebelhaftes verscheuchen, dabei fiel sein Blick auf das hell erleuchtete Schloss, dem Herrschersitz des künftigen Königs Cenotes, seinem Jugendfreund und Kampfgefährten. Eine Freundschaft, die mit einem Besuch wieder erneuert werden könnte, denn in den Jahren der Suche nach seinem Vater hatte er jeden Gedanken daran immer wieder von sich geschoben. – *Die Überraschung wird sicher groß*, denkt er und reitet schelmisch grinsend los.

Zu Gast bei Freunden

Das Echo der Hufe klang schaurig auf den holprigen Steinen. Es war Abend, Wolken zogen über die Stadt. Eine Böe schüttelte sein Haar. Niemand war zu sehen, nur der Schrei einer räudigen Katze drang irgendwoher aus einem schmutzigen Winkel des Marktes, unheimlich und schrill. Hesaret hing seinen Gedanken nach. Er brauchte ein Bett und was zu essen. Für seinen Pragoner war es auch Zeit für einen Stall. All das würde er im Schloss bekommen, das sich auf einem Hügel über der Stadt erhob. Gewiss, er war nicht angemeldet und es bestand die Möglichkeit, von der Wache abgewiesen zu werden. Doch er kannte die geheimen Zugänge, und die Kontur der mit Fackeln beleuchteten Mauer deutete darauf hin, dass die Baumeister sich beim Wiederaufbau an die alten Pläne gehalten haben.

Hesaret führte seinen Rappen den Schlossberg hinauf, entlang der zerstörten Wasserkunst mit den großen Löwenköpfen, die vor dem Krieg gegen Sartos Wasser spien und heute am Fuß des Berges lagen. Hinter einem der Köpfe führte ein geheimer Gang zum Schloss hinauf. Ein zweiter Zugang lag weiter oben am Fuß der Schlossmauer. Über einen geheimen Tunnel wurden damals Diebe, Brandstifter, Mörder, Frauen- und Kinderschänder zum Scharfrichter auf den Greimberg, der höchsten Erhebung außerhalb der Stadt, gebracht.

Zwischen Pappeln, hochgewachsenen Brennnesseln, dichtem Löwenzahnbewuchs am Boden und in den Mauerritzen und einem Gestrüpp aus Disteln fand Hesaret schließlich den von dichten Spinnweben besetzten verwitterten Eingang. Er war ihm noch aus der Kinderzeit bekannt, hier hatte er oft mit Cenotes das Kämpfen mit Holzschwertern geübt oder die verurteilten Verbrecher heimlich bei ihrem letzten Gang beobachtet.

Im Tunnel war es feucht und dunkel und es roch muffig. Eine mitgebrachte Fackel brachte spärliches Licht. Hesaret sah sich um. Die Feuchte und Kälte ließ ihn frieren. Er zog seinen Mantel enger um die Schultern und stapfte los, durch übel riechende Pfützen und Moder, über herabgefallene Mauer- und Deckensteine, teilweise einge- stürzte Wände und durch allerlei liegengelassenen alten Unrat. An einem Abzweig führte der Weg links zum Schloss. Rechts hatte man den Tunnel, in seiner Kindheit gelangte man hier zu den Löwenköpfen, zugemauert. Er leuchtete in den links abzweigenden Gang und sah einige Meter weiter eine etwa mannsgroße schwere Eichentür, die ins Schlossinnere zum Ahnensaal führte.

Hesaret drückte die Klinke herunter und stellte erstaunt fest, dass sie Tür nicht verschlossen war. *Keine Wachen, die Tür nicht verschlossen, was ist hier los*, überlegte er und betrat den Raum: Drinnen war es kalt und es roch muf- fig. Der Kamin an der Wand war aus und die Sitzgruppen daneben waren mit Leinentüchern bedeckt – gerade so, als hätte jemand den Raum verlassen, um nicht wiederzukeh- ren. An den vielen Gemälden der Könige, Königinnen, Prinzen und Prinzessinnen des Hauses Argonat gegenüber hingen dicke Spinnweben. Teils standen sie auf dem Bo- den, teils hingen sie an den Wänden. Selbst die dreizehn Rüstungen der Rittergarde des Königs hatten ihren einsti- gen Glanz verloren. Schilde und Schwerter lagen achtlos herum oder hingen verstaubt vereinzelt an in die Wand getriebenen Haken. Und überall tummelte sich zahlreich krabbelndes und kriechendes Getier. Nichts in diesem Saal war mehr so, wie es Hesaret aus seiner Kindheit kannte.

Als er über den vier Meter breiten (einst roten) Teppich auf die Gemächer des Königs zuging, hoffte er, wenigstens seinen Freund und Kampfgefährten Cenotes in alter Frische vorzufinden.

Cenotes versuchte indes vergebens, den Worten seiner geliebten Adinofis zu folgen. Er lag neben ihr auf einem überbreiten Bett mit Himmel, der Raum war nur spärlich beleuchtet, im Kamin prasselte ein ansehnliches Feuer, ein Specht hämmert draußen an einem Baum und eine leichte Brise fuhr durch ihr langes lockiges Haar. Sein Blick lag wie erstarrt auf dieser wunderschönen Fee, mit ihrem knöchellangen Nachtkleid, das alle Männerfreuden durch einen feinen Schleier sichtbar werden ließ und unter dem ihre zarten Füße spielerisch aneinander reibend hervorlugten. Sie erzählte von einen Banditen namens Rogan, dass er der Erstgeborene und Thronfolger von König Argonat sei. Doch ihr verzaubernder Anblick und der Gedanke an ihre zärtlichen Berührungen zuvor auf dem Greimberg, die sinnlichen vollen Lippen und ihren samtweichen vollbusigen Körper brachten seinen Pulsschlag erneut in Aufruhr, sodass er sich über sie beugte und sanft in die Kissen drückte, als ein Geräusch ihn aufhorchen ließ.

Sein Blick fiel auf die Tür zum Ahnensaal, von wo aus man in den Tunnel gelangte, der ihn und Adinofis vor ein paar Stunden vom Greimberg hierhergeführt hatte. Er legte den Finger auf die Lippen, schlich zum Bett und zog mit ruhiger Hand sein Schwert aus der Scheide, das an der Wand hing. Da ging die Tür auf und Hesaret trat in das Schlafgemach. Als Cenotes erkannte, wen er da vor sich hatte, atmete er hörbar aus und warf sein Schwert zornig auf den Boden: „Du Leichtsinniger! Was machst du hier, verdammt!? Ich hätte dich fast umgebracht."

Hesaret stand leicht gebeugt, das Gesicht eingefallen, die Haut sonnengegerbt mit Falten auf der Stirn und in der Augenpartie, unrasiert, erschöpft und starr vor Schmutz. Er lachte und fiel Cenotes in die Arme. „Mit Pfeil und Bogen hättest du das ganz gewiss, aber mit dem Schwert?"

Cenotes löste sich aus der Umklammerung und sah Hesaret an: „Du brauchst ein Bad, mein Freund. Und wie ich sehe auch was zu essen. Ich werde alles veranlassen." Sein Blick lag noch immer auf Hesaret, lächelnd und gedankenverloren an frühere gemeinsame Zeiten: *Gewiss, er sieht müde aus und ein wenig abgehärmt, aber das ist es nicht. In seinem Gesicht spiegelt sich die Härte des Lebens wider. Der frühere lebhafte Glanz in seinen Augen ist einer matten Ernsthaftigkeit gewichen. Der Zauber kindlicher Unbeschwertheit ist verschwunden, seine Schultern sind kräftiger und seine Züge männlicher geworden.*

„Was machst du hier?", fragte Cenotes.

„Hab eurem Galgen etwas Fleisch gebracht. Und du?", grinste Hesaret. „Was machst du mit dieser Schönsten aller Schönen in dem großen Bett?" Er drehte sich um und begrüßte Adinofis mit einem schelmischen Augenzwinkern, die ihrerseits die Wiedersehensfreude der beiden mit sichtlichem Vergnügen verfolgt hatte.

„Immer noch so verliebt?", fragte er.

„Mehr als je zuvor." Cenotes legte den Arm um Hesarets Schultern und deutete auf die Sitzgruppe neben einem runden Tisch in der Mitte des Raumes: „Komm, setzen wir uns! ... Wie geht es Ensine?"

Hesaret: „Bin auf dem Weg zu ihr."

Cenotes: „Nach Saragon?"

Hesaret: „Ja! Zwei Tagesritte von hier."

Cenotes: „Und dein Vater?"

Hesaret: „Woher weißt du ...?"

Cenotes deutet aufs Bett.

„Fünf Jahre hab ich nach ihm gesucht." Hesaret senkte seufzend den Kopf. „Fünf Jahre allein in sengender Sonne, bitterer Kälte, bei Regen und Schnee und viel zu oft in schlechter Gesellschaft. Fünf Jahre ohne Ensi, ohne Familie. Ich wollte nur noch nach Hause. ... Doch, dann stoße ich in diesem verfluchten Wald, etwa drei Stunden von hier, auf Leichen: sechzig, vielleicht siebzig: Pferde, Männer, zwei Huren, ein altes Weib – aufgeschlitzte Bäuche, durchtrennte Hälse ..., schlimm!" Er winkte ab.

Cenotes: „Leichen?"

Hesaret: „Ja, die Rogan-Bande und deine Bürgerwehr."

„Rogan?!", rief Adinofis, die sich inzwischen angezogen und dem Personal Anweisung gegeben hatte, ein Bad herzurichten und Met, Wein und Speisen zu bringen.

Hesaret: „Ja, so soll der Anführer heißen, hat das Narbengesicht von der Bürgerwehr gesagt. Armer Kerl, leider auch tot. Einer aus der Bande hat überlebt, glaubte wohl, mit mir ein Geschäft machen zu können. Hab ihn hierher gebracht und der Stadtwache übergeben: einem Rotschopf. Der hat ihn fast zu Tode schleifen lassen."

„Ich kenne ihn", sagte Cenotes. „Guter Mann, nimmt meine Anweisung nur manchmal zu genau."

Als zwei Bedienstete eintraten, um für Hesaret das Bad im Nebenzimmer herzurichten, gab Cenotes Befehl, das Pferd seines Gastes in die königlichen Stallungen zu bringen, abzureiben und zu füttern. Dabei wies er beiläufig auf den geheimen Zugang hin: „Du hast dich an den Tunnel erinnert?"

Hesaret grinste: „Es war naheliegend, sonst wäre ich wohl in den Händen deiner Bürgerwehr gelandet. Keine angenehme Vorstellung."

Cenotes schüttelte ungläubig den Kopf: „Wie lang ist das her?"

„Du meinst, wir zwei im Tunnel ...?"

Cenotes nickte.

„Zu lang, mein Freund, viel zu lang."

Cenotes winkte Adinofis zu sich: „Komm Liebste, stärken wir uns. Hesaret fällt bald vom Fleisch." Er stand auf und nahm der Dienerschaft mit Speisen beladene Teller ab und stellte Schüsseln und schwere Karaffen mit Wasser und Met auf den Tisch. Hesarets Blicke schweiften indes durch den Raum, der haargenau an den Cenotes von früher erinnerte: Jede Ecke war sauber und aufgeräumt, nichts lag irgendwo herum. Cenotes hatte mit einem Schreibtisch das Schlafgemach zugleich in ein Arbeitszimmer verwandelt. Feder, Tintenfass und Schreibleder befanden sich punktgenau an dem Ort, wo sie hingehörten. In seiner Art schien er sich nicht verändert zu haben, nur dass er etwas überlegter und ruhiger wirkte als früher, nicht mehr so aufbrausend und kampfeslustig. Die Jahre hatten aus ihm einen Mann gemacht, der nun zum König avancieren wollte.

Was für eine Entwicklung, dachte er und wunderte sich zugleich über die Unordnung im Ahnensaal.

„Was ist?", fragte Cenotes, als er mit einer staubigen Flasche Wein und drei Gläsern ins Zimmer zurückkam.

„Ich wundere mich etwas."

„Worüber?"

„Über den verblassten Glanz im Ahnensaal."

„Es gibt viele Räume im Schloss, die wieder hergerichtet werden müssen", erklärte Cenotes, vom Thema wenig interessiert. „Der Ahnensaal ist nicht der wichtigste. Lass uns lieber anstoßen." Cenotes goss die Gläser voll und fuhr überschwänglich fort: „Dieser Wein braucht fünf Jahre, um zu reifen. Er wird aus Weinmoos und dunkelroten Vogelbeeren hergestellt. Das Gemisch gärt in meinen Kellerräumen in großen abgeschlossenen Fässern, dann füllt man es um und rührt es fünf Jahre nicht an. Der reife, volle Geschmack ist verblüffend. Hier probiert mal!" E

Er reichte Adinofis und Hesaret die Gläser und sie prosteten sich zu. Und während Adinofis das Glas vor ihre Augen hielt und die dunkle Farbe des Weins betrachtete, rief Hesaret nach dem ersten Schluck überrascht aus: „Na, großartig! Was für ein Gesöff!"

Adinofis nippte nur am Glas und mahnte die beiden Freunde, ihn mit Bedacht zu trinken: „Der Wein ist schwer und macht müde. Esst was dazu!" Hesarets Augen tanzten über Brot und Käse, Wurstkringel, Fleischspieße, Obst und Gemüse. Noch bevor er sich so recht entschieden hatte, füllte Adinofis bereits einen Teller mit den erlesensten Genüssen.

Hesaret ließ sich nicht lange bitten und griff mit beiden Hände zu: „Hm, das Fleisch! Wildschwein, wenn ich nicht irre. Tomaten, sehr gut! Brot und der Wein ... Lange nicht so gut gegessen. Hast eine gute Küche", schmatzte er und schob ein Stück Käse hinterher.

Cenotes, der die Szene amüsiert betrachtete, wollte gerade etwas erwidern, als Hesaret an Adinofis gewandt fortfuhr: „Da fällt mir ein: Dieser Rogan, was ist das für einer?" Er lehnte sich zurück, wischte mit dem Handrücken über den Mund und sah Adinofis mit großen Augen an.

„Rogan ...?" Adinofis holte tief Luft und machte eine lange Pause. „Wo soll ich anfangen? Er ist das, was du auf der Lichtung gesehen hast: die Sichel, mit der der Tod seine Ernte einholt." Sie stellte ihr Glas Wein auf den Tisch und fuhr fort. „Ich sah ihn und seine Bande in einem Traum, was seltsam ist, weil wir Feen nicht träumen können. Ich suchte dafür Antworten und fand seine Lebenskugel bei uns im Archiv neben der von Cenotes. Rogan ist sein Bruder, besser gesagt: der leibliche Sohn von Argonat und rechtmäßige Thronfolger."

Adinofis sah Cenotes beschämt an. „Ich habe ohne Wissen des Hohen Rates von Atragon den Leib deiner Mutter Terofem mit dir gesegnet. Ich gab dir von meinen Kräften, als Ausgleich auf das durch Sartos' verschobene Gleichgewicht der Ordnung des Lebens. In dir ist all das

Gute vereint, das den Menschen innewohnt." Sie beugte sich leicht nach vorn und fixierte Cenotes. „Dieser Rogan aber ist ein arroganter, skrupelloser und machtbesessener Mensch, der Anspruch auf die Krone seines Vaters erhebt, selbst mit Waffengewalt. Ich werde ihn aufsuchen, in seinem Unterschlupf im Korsaktal. Er muss auf die Krone verzichten. Er muss!"

„Wie sieht er aus?", fragte Hesaret bestürzt.

„Ich sah sein jungenhaftes Gesicht, stechende Augen, schmale Lippen und eine Narbe quer über der linken Wange. Dichtes braunes Haar bis über die Schultern, die Brust breit und kräftig, die Hüfte schmal. Seine Anhänger sind zahlreich. Etwa achttausend Mann."

„Er will also die Krone. Und was willst du, Cenotes?"

„Das ist nicht so einfach, mein Freund. Hier gibt es Probleme, von denen niemand was weiß. Ich verschaffe den Menschen ein besseres Leben. Ich lasse ihre zerstörten Häuser wieder aufbauen, die Straßen reparieren, öffne den Ärmsten die Vorratslager, senke Steuern und Abgaben und denke nun daran, Schulen für die Kinder zu bauen. Dafür sitzt mir der Adel im Nacken. Sie fürchten um ihren Einfluss, ihre Pfründe und sprechen immer offener gegen meine Krönung. Sie rufen nach einem König, der ihnen all das sichert, was sie meinen, durch mich zu verlieren."

Hesaret sah verblüfft auf. „Du gibst den Armen und der Adel steinigt dich dafür?"

„Das wundert dich?" Cenotes nahm eine Weintraube und sprach kauend weiter: „Wenn es um ihre Pfründe geht, schrecken sie vor nichts zurück."

„Also nehmen wir den Müttern die Söhne, den Frauen ihre Männer, den Kindern die Väter. Was bleibt, sind Leichen, ein zerstörtes Land und eine Krone auf dem Kopf eines Banditen. ... Nein, gib Rogan, was ihm zusteht."

Cenotes fuhr sich seufzend durchs Haar: „Versteh doch, Hesaret! Rogan gehört an den Galgen, nicht auf den Thron. Seine Herrschaft bedeutet Tod und Verderben. Sind wir dafür gegen Sartos in die Schlacht gezogen? Ich muss mich ihm stellen."

Adinofis beugte sich über den Tisch, schob ihre Haare hinter die Ohren und sah Cenotes scharf an: „Du willst Recht und Gesetz, willst den Reichen nehmen und den Armen geben. Und alles, ohne rechtmäßigen Titel? Das funktioniert nicht. Etwa achthunderttausend Menschen haben die dunkle Zeit überlebt. Noch so ein Dahinschlachten ...

Ihr Männer seid so sehr mit euch beschäftigt, dass ihr gar nicht merkt, wie sehr die Menschen nach Frieden dürsten."

Cenotes Miene verfinsterte sich. Er war verzweifelt und eine Lösung nicht in Sicht. Seine Blicke wanderten zwischen Hesaret und Adinofis hin und her. Es schien fast, als flehte er seine große Liebe an, die verfahrene Situation zu retten.

Schließlich stand Adinofis auf und spazierte durch den Raum: „Ich werde mich mit dem Hohen Rat und den Elementen beraten, auf einem Konzil. Wir werden eine Lösung finden. Doch sei nicht unvorbereitet, Cenotes."

KAPITEL V

HEIMKEHR

Am nächsten Tag verließ Hesaret noch vor dem Hahnenschrei Tauron Richtung Osten. Es war ein kühler Frühlingsmorgen, die Sonne überstieg gerade den Horizont, warf ihr erstes warmes Licht in seltener Schönheit durch den vor ihm liegenden Buchenwald. Er sah zurück auf das Schloss, hoch über der Stadt. Die Fenster waren noch dunkel, nur am Stadttor brannte noch eine Feuerlaterne.

Nach all den verlorenen Jahren der Suche nach seinem Vater war es Zeit endlich heimzukehren – fünf Jahre sind eine lange Zeit, für die Liebe seines Lebens zu lang. Ein Stoßseufzer drang über seine Lippen, dann stieß er dem Rappen seine Absätze in die Seiten. Er führte seinen treuen Gefährten auf schmale Pfade und steinige Wege, entlang von fließenden Bächen und grünen Auen, auf denen das

Vieh der Bauern von umliegenden Dörfern graste, durch dichte Wälder und tiefe Täler hinauf in die Fichtenwälder von Saragon. Dorthin wollte er, dorthin musste er. Sein Herz verlangte das. Es trieb ihn vorwärts: Meter um Meter. Ein seltsames Ding, das Herz. Wenn es nur durchhält, nach all den Jahren des Kampfes, des Grauens, der vielen Entbehrungen und der kalten, einsamen Nächte. Er hätte niemals von ihr gehen dürfen, das war ihm jetzt klar. Adinofis hatte ihn davor gewarnt. „Gründe mit Ensine eine Familie", hatte sie gesagt. „Der Krieg ist vorbei, die Schlachten sind geschlagen. Machst du nicht Frieden mit dir selbst, wirst du ihn anderswo nicht finden."

„Sie hat recht behalten", konstatierte er still und machte am Ufer eines träge dahinfließenden Baches halt. Er sattelte ab, besah die Hufe seines Rappen und legte sich nach einer kleinen Stärkung schlafen.

Das Warten hat ein Ende

Als Hesaret Stunden später seine Reise ausgeruht fortsetzte, zog im Hochland ein schweres Gewitter auf. Am Abend traf es das auf einem grasbewachsenen Hügel gelegene Haus und die Stallungen von Anja, ihrer Tochter Ensine und Großmutter Meriste. Die heftigen Winde und der peitschende Regen rissen etliche Bunde Stroh vom Dach, entwurzelten Bäume, zerstörten Fensterläden am Haus und hoben das Flügeltor vom Pferdestall aus den Angeln. Anja fand es am nächsten Morgen in der Baumkrone der über hundert Jahre alten Eiche, die vor ihrem Haus dem Unwetter getrotzt hatte.

Die Reparaturen mussten allerdings warten. Mit Ensine, die seit Hesarets Fortgang solche Sachen erledigte, war schon seit Wochen nichts anzufangen. Trübsinnig und appetitlos schlich sie umher oder stand nachts auf und stellte sich in der Stube stundenlang ans Fenster. Auch in der letzten Nacht hatte sie keinen Schlaf gefunden. Sie war durchs Haus geschlichen, hat den Geräuschen des Regens gelauscht und ab und zu nach Großmutter Meriste gesehen.

Als der Morgen anbrach, hatte sie sich draußen auf Vaters überdachte alte Holzbank gesetzt und über die vergangenen fünf Jahre nachgedacht, über Hesaret, über den Verlust ihrer Visionen und wieder über Hesaret. Doch selbst die aufgehende Sonne konnte sie nicht aufheitern. Als der Wind schließlich ihre Tränen getrocknet hatte, ging sie zurück ins Haus. In der guten Stube wartete wie üblich eine Menge Arbeit auf sie, und hier oben in der kargen Gebirgslandschaft, mit der immerwährenden sehnsuchtsvollen Stille, konnte man schnell die Zeit verlieren. Manche Bewohner von Saragon behaupten sogar, die Einsamkeit würde einer gewissen Unruhe weichen, sodass die Menschen rastlos würden. Nicht Ensine. Sie liebte die Ruhe der majestätisch aufragenden Berge, die Wälder, Wiesen und Hänge. Sie quälte etwas anderes.

Er war es, Hesaret.

Als er fortging, um seinen Vater zu suchen, hatte sie viele Nächte geweint und sich im Stillen vorgeworfen, ihn davon nicht abgehalten zu haben. Selbst die Adinofis konnte ihn bei einem Besuch nicht daran hindern, obwohl sie von den zahllosen Menschen berichtete, die noch Wochen nach ihrer Befreiung an den Folgen der Gefangenschaft in den frostigen Kammern von Trong gestorben waren. Er soll lieber eine Familie gründen, hatte Adinofis gemeint, und seine guten Jahre nicht mit einer fruchtlosen Suche vergeuden. Dennoch, eines Morgens trat Hesaret mit Schild und Schwert bewaffnet unvermittelt vor die Tür, gab Ensine einen langen Kuss und ritt davon. Sie konnte sich noch gut an diesen Tag erinnern. Sein Aufbruch hatte sie völlig unvorbereitet getroffen. Als er ging, stand sie am Haus und hatte ihm stumm hinterhergesehen, bis er zwischen den dunklen Fichten verschwunden war. Sie stand noch lange, und die Tränen liefen ihr übers Gesicht. Monate später hatte sie das Warten aufgegeben und die Tränen versiegen lassen. Zurück blieb eine unstillbare Sehnsucht, und die leise Hoffnung, dass er eines Tages zurückkehren würde.

Suchend stand sie am Fenster. Ihr Blick wanderte in den Himmel, der in der Ferne von kleinen weißen Wölkchen gesprenkelt wunderschön aussah. Längst war das nächtliche Gewitter abgezogen. Die noch nassen Gräser und Blätter bekamen im Licht der Sonne einen stillen Glanz. Ein sanfter Wind strich durch ihr Haar. Die frische Luft füllte ihre Lungen und sie spürte, wie sich langsam eine tiefe Ruhe in ihr ausbreitete. Es war, als ob die Natur selbst ihr Trost spendete und sie vergessen ließ, was sie so beschäftigte. Die Vögel zwitscherten und ihr Gesang füllte die Stille des Morgens. Die Welt schien still zu stehen, während sie verträumt aus dem Fenster sah und den Moment genoss, als das knarrende Geräusch der Stubentür sie in die Wirklichkeit zurückholte. Ensine wandte den Kopf. Ihre Mutter stand im Türrahmen.

„Woran denkst du, Ensi?" Anja war bemüht sanft und leise zu sprechen, um ihre Tochter nicht zu erschrecken.

Ensine sah ihre Mutter von oben bis unten an.

„Du hast Flecken auf der Schürze", entgegnete sie.

Anja sah an sich herab und seufzte: „Ich fragte, an was du denkst."

„An nichts, Mutter." Ensine wehrte Anjas Frage mit einer Handbewegung ab, als würde sie eine Fliege stören, warf einen flüchtigen Blick durch den Flur in die offen stehende Küche, von wo der Duft von frisch gebackenem Brot ins Zimmer strömte und schloss lächelnd die Augen: „Hmmm, riecht gut!"

„Es war Großmutters Wunsch. Du weißt doch, die Sonnenwende." Anja stellte sich neben Ensine und drückte sanft ihre Schulter.

„Geht es Großmutter gut?" Ensine stand steif wie eine Statue, ihre Arme fest an den Körper gedrückt und die Hände zu Fäusten geballt. Mit leerem Blick sah sie wieder nach draußen.

„Sie sitzt in der Küche. ... Warum?"

„Großmutter schläft nicht."

„Ich weiß, Ensi. Sie wartet auf den Tod."

„Tun wir das nicht alle ...?" Ensine klang verbittert. Sie versuchte zu lächeln, doch mehr als ein gequältes Zucken kam nicht über ihrer Mundwinkel. Anja sah das. Sie wusste, an welchem Kummer ihre Tochter litt. Es tat ihr weh, zu sehen, wie sie sich seit Jahren mit ein und derselben Frage quälte, wann Hesaret nach Hause kommt.

„Du wartest also auf den Tod? Ist das nicht etwas früh für eine Zwanzigjährige?"

Ensine sah ihre Mutter trotzig an. Tränen kullerten über ihre Wangen und hinterließen farblose Spuren.

„Hör mir zu!" Anja seufzte.

„Warum?"

„Weil ich mit dir reden will."

„Worüber, ob es mir gut geht? Mir geht es nicht gut, Mutter. Ich sterbe hier drin." Sie schlug sich wütend gegen die Brust.

Anja strich sanft über ihren Arm: „Denkst du, ich wüsste nicht, was mit dir los ist? Dein Gerede vom Tod, was soll das? Der Tod, mein Kind, ist die schlechteste Antwort auf deinen Kummer."

„Stimmt!", brüllte Ensine lautstark. „Du weißt das ja am besten. Jede Nacht heulst du wegen Vater in dein Kissen. Ich habe ihn auch verloren. Hast du je mit mir darüber gesprochen oder über seinen Tod? Nein! Du vergräbst deinen Schmerz und wunderst dich, dass ich mit Hesaret genauso verfahre. Ich leide wie du und ich heule wie du. Und ich kann ebenso wenig über meinen Schmerz reden wie du über deinen." Sie lachte hysterisch. „Mutter und Tochter, sie gehen den gleichen Weg, erleiden dasselbe Schicksal und werden beide um ihre Liebe betrogen."

Anja war entsetzt: „Aber Kind, das mit deinem Vater ist doch was anderes. Hesaret wird ganz sicher zurückkommen." Ensine verstummte so plötzlich wie sie zu lachen begonnen hatte und sah ungläubig auf. Wieder rollten Tränen über ihre Wangen. Sie wischte darüber hinweg, als wären es die letzten zu diesem Thema.

„Lass mich allein, Mutter! ... Bitte!", flüsterte sie eindringlich. „Geh zu Großmutter! Ich räum' hier noch ein wenig auf und komm dann in die Küche."

Anja runzelte verwirrt die Stirn. Ein Blick durchs Zimmer genügte, um festzustellen, dass alles sauber war und dort stand, wo es hingehörte.

„Willst du wirklich so weiterleben?", seufzte sie laut. „Keine Freude, kein Lachen, kein Leben, zurückgezogen, verbittert, wütend? Bring dich nicht um den Verstand, Kind." Bedrückt wandte sie sich ab und verließ das Zimmer, während Ensines Vorwurf wie ein Echo aus früheren Zeiten in ihr nachhallte: Ja, sie kannte die Qualen der Liebe und wusste, wie schwer es war, das Alleinsein zu verwinden. Noch heute litt sie am Tod ihres Mannes. Manchmal nachts, wenn die Einsamkeit ihren Körper ergriff, weinte sie still vor sich hin und hoffte, möglichst schnell über diesen Schmerz einzuschlafen. Ihn zu teilen, wie sie es Ensine vorgeschlagen hatte, war ihr nie in den Sinn gekommen. Und selbst wenn, sie hätte es nie getan. Darüber reden hieße, ihn zu lindern. Aber Schmerz erinnert, nährt die Hoffnung, auch wenn man sich ihrer nicht gewiss ist, und hält die Liebe am Leben.

Als Anja die Tür hinter sich geschlossen hatte, wurde Ensine von einem heftigen Weinkrampf geschüttelt. Ihre Nerven lagen blank. Sie machte sich Vorwürfe, der Mutter so unbeherrscht entgegengetreten zu sein. Vor allem aber, dass sie Vaters Tod erwähnt hatte. Niemand wusste besser als sie, welche furchtbaren Jahre ihre Mutter seitdem durchlitten hat. Oft genug hat sie an ihrem Bett gesessen, nach tröstenden Worten gesucht und gewartet, bis sie über ihre Tränen eingeschlafen war.

Ein Stoßseufzer drang über ihre Lippen. Der Gedanke an Hesaret hatte sie eingeholt. Sie sah sich um und begann mit fahrigen Bewegungen aufzuräumen – wischte Staub, wo keiner war, rückte Stühle, die längst richtig standen, und glättete die Kanten einer Tischdecke, die niemand zuvor berührt hatte, während ihr Blick immer wieder zum Fenster ging, als zöge es sie magisch an.

Sie spürte, dass dort draußen etwas war, das ihre Unruhe nährte und ihr Blut wie lange nicht mehr in Wallung brachte. *Konnte er es sein? Kommt er nach Hause? Oder ist das vielleicht nur ein Wunschtraum, der meinen Verstand trübt?* Die Linke auf die Tischkante gestützt lauschte sie der Stille vorm Haus – bemüht, nicht das leiseste Geräusch zu verpassen. Augenblicke später aber raffte sie sich auf, diesem Spiel ein Ende zu bereiten und der Mutter zur Hand zu gehen. Im Haus gab es genug Arbeit und draußen im Stall auch, fand sie. Doch sie spürte sofort, auf welch tönernen Füßen ihr Entschluss stand. Nein, sie konnte den Raum nicht verlassen, ohne noch einmal nach ihm Ausschau zu halten, fürchtete sie doch um ihren Schmerz, ihre Unruhe, ihre Hoffnung, ohne die sie längst aufgehört hätte zu atmen. Und so ging sie langsam um den Tisch herum, blieb am Fenstersims stehen und starrte erneut hinunter zum Waldrand. Da machte ihr Herz einen Satz, ihr Puls pochte wild in den Schläfen und ihre Wangen glühten. Eine dunkle Gestalt trat aus dem Schatten der Bäume und kam den Hang herauf, die rechte Hand am Zügel eines Pferdes, das gehorsam folgte.

Mit bebender Brust drückte sie ihr Gesicht gegen das Fenster, um die Gestalt besser sehen zu können. Ihr Atem wurde schneller. Die Spannung in ihr knisterte wie ein nahes, unsichtbares Feuer, denn der hochgewachsene Körper, die leicht nach vorn geneigte Haltung, der wiegende Gang – das alles war ihr so vertraut wie das eigene Herz, das sie allmählich an den Rand einer süßen Ohnmacht trieb. Und obwohl es sie vor die Tür drängte, verharrte sie noch am Fenster, um sich zu sammeln, sah zum Himmel auf und flüsterte beschwörende Worte.

Dann standen sie sich gegenüber.

Ensine machte sich Vorwürfe, so rasch vor die Tür getreten zu sein, ohne Hesaret Gelegenheit gegeben zu haben, sie zu überraschen. Am Fenster hatte sie noch geglaubt, mit Küssen um seinen Hals fallen zu können. Doch jetzt, da er zum Greifen nah vor ihr stand, wagte sie keinen Schritt, obwohl so viel zu sagen und zu fragen war und das Feuer des Verlangens sie verzehrte. Sie wusste nicht, wie sie zu ihm finden sollte, so riesig schien die Kluft der Jahre zwischen ihnen zu sein. Sie stand da und sah ihn mit weiten Augen an: Nichts an ihm hatte sich seit dem Abschied verändert. Weder der warme, treuherzige Blick in seinem wettergegerbten Gesicht, das von zerzausten langen Haaren umrahmt wurde, noch die Haltung seiner rechten Hand, die wie immer lässig auf dem Knauf seines Schwertes ruhte und ihm etwas Gebieterisches verlieh. Auch trug er noch denselben Umhang, nur dass das dunkle Blau leicht verblichen und der Saum ausgefranst war.

Sie sah zu ihm auf und stammelte unter Tränen: „Hesaret ... Liebster ... warum, ich, woher ...?" Ihr Stimme versagte. Sie spürte, wie der Kummer von ihrer Seele abfiel und ihr Herz sich hingebungsvoll öffnete. Schluchzend wankte sie auf ihn zu und fand sich Augenblicke später in seinen Armen wieder, die sie auffingen und festhielten. Er spürte die Wärme ihres Körpers und das pochende Herz in ihrer Brust und schalt sich einen Narren, so viele Jahre mit der Suche nach seinem Vater verbracht zu haben, während die Blume seines Herzens krank vor Sehnsucht zu welken begann. Zärtlich küsste er die Tränen von ihren Augen und den Wangen, bis ihre Lippen die seinen fanden und sie sich in trunkener Innigkeit verloren.

Als er sich von Ensine löste und in ihre verweinten Augen sah, huschte ein Schatten der Nachdenklichkeit über sein Gesicht – ein flüchtiger Ausdruck von Abwesenheit, der Ensine nicht verborgen blieb. Doch sie wollte das eben gewonnene Glück nicht mit Fragen trüben, und so beließ sie es dabei. Er war heimgekehrt und hielt sie in seinen Armen, nur das zählte. Sie schmiegte ihre Wange an sein raues, kantiges Gesicht und bat ihn ins Haus. Hesaret aber wies auf seinen Rappen, der gehorsam neben der Holzbank stand und auf jedes Geräusch aus der Umgebung achtend die Ohren hin und her drehte.

„Wo kann ich ...?"

„Hinter dem Haus", warf Ensine leise ein, hielt sich an den Aufschlägen seines Umhanges fest, sah zu ihm auf und flüsterte: „Mach schnell, Liebster. Es ist längst Mittag und du siehst hungrig aus."

Als er nach einer Weile zurückkam, sah er Ensine wartend an die Buche gelehnt. Ganz klar nahm er ihr Bild in sich auf: den strahlenden Glanz in ihrem Gesicht, das sanfte Spiel ihrer halb geöffneten Lippen und die feinen Rundungen ihrer Weiblichkeit, die selbst das knielange, grobe Leinenkleid nicht verbergen konnte.

Da stand sie, die Erfüllung seiner Sehnsüchte. Sie lächelte und streckte die Hand nach ihm aus, als suche sie Halt bei ihm – einem Menschen, der längst nicht mehr derselbe war, denn fünf Jahre waren eine lange Zeit. Er dachte an seinen Vater, den er nicht gefunden hat, an die Frau und ihr Kind in Lehn, einem Dorf unweit des zerstörten Herrschersitzes von Pragon, an die Gesichter der Menschen auf seiner Wanderschaft: die sterbenden, die ausgemergelten, die kranken. So vieles war geschehen, so vieles musste gesagt, gefragt und erklärt werden. Ohne Tränen und Vorwürfe würde das alles nicht abgehen, das wusste er. Aber er wusste auch, dass er Ensine liebte und mit ihr eine Familie gründen wollte.

Ensine trat einen Schritt vor, erneut wankte sie. Hesaret griff zu, ehe sie fiel. Auch seine Knie waren weich, und sein Herz klopfte heftig, als sie hinter dem Baum zu Boden sanken. Sie merkten nicht, dass Anja vor die Tür getreten war und beim Anblick der beiden, sich mit Tränen in den Augen leise zurückzog.

„Soll ich dich besser ins Haus bringen?", flüsterte Hesaret und strich besorgt durch Ensines Haar.

„Nein, Liebster, mich hat nur die Freude überwältigt. So viele Jahre, so viele Stunden, so viele Tränen." Sie schmiegte sich schluchzend an seine Brust: „Geh nie wieder fort!"

„Nie wieder", hauchte Hesaret, und als er seinen Umhang wie eine Decke über sie legte, wurde ihr Atem schnell. Sie presste ihren Körper gegen den seinen, kroch tiefer und tiefer in den Umhang und suchte mit den Händen die Herrlichkeit seiner männlichen Kraft.

Hesaret war wie in Trance. Ensines Verlangen berührte Sinne in ihm, die er längst vergessen glaubte. Unter ihren Händen aber fiel das Erinnern nicht schwer. Benommen von Lust und Leidenschaft öffnete er ihr Kleid und sah die Kraft und die Hitze ihres bebenden Körpers zum Greifen nah vor sich. Sanft schob er Ensine auf seinen Schoß, während sie ihn leise stöhnend mit Küssen zudeckte. Er spürte ihren Herzschlag in seinem Innern und die wohlige

Nacktheit ihrer Brüste und Schenkel. Er schob ihr das Kleid bis zur Hüfte hoch, ihre gespreizten Beine kamen über ihn, dann drang er sanft in sie ein. Ihr Becken kreiste auf seinem Schoß, während seine Hände lustvoll über ihre Brüste glitten, den Rücken hinab ins Zentrum der höchsten Lust. Da wurde ihr Stöhnen lauter, die Bewegung ihres Beckens schneller und heftiger und schließlich verloren sich beide in tiefster Erregung und Leidenschaft.

Des Menschen Schicksal ...

Als Anja wieder in die Küche kam, saß Großmutter Meriste noch immer am Tisch und löffelte mit zittriger Hand ihre Brennnesselsuppe.

„Eine gute Nachricht, Mutter." Anja setzte sich freudestrahlend neben sie. „Hesaret ist heimgekehrt."

Meriste sah auf, über ihre faltigen Lippen zog ein verschmitztes Lächeln.

„Ich weiß", erwiderte sie kurz und widmete sich wieder ihrer Suppe. Stoisch schob sie Löffel um Löffel in ihren zahnlosen Mund, während Anja wie vom Donner gerührt dasaß und ihr zusah.

„Du hast es gesehen. Wieso du und nicht Ensine?" Anja sprang auf, beugte sich über den Tisch und schrie ihre Mutter an: „Und du hast nichts gesagt!!" Wütend ließ sie sich zurück auf ihren Stuhl fallen. Es schien, als wollte sie sich nie wieder von diesem wurmzerfressenen Holzgestell erheben. „Das Kind hat gewartet, geweint, war krank vor Sehnsucht und ohne Hoffnung. Und du ..."

Meriste legte den Löffel zur Seite und stand auf. Bedächtig schob sie ihren Stuhl vor den warmen Kamin, setzte sich und hockte so reglos da, dass nicht einmal ihr pfeifender Atem die knochige Brust hob. Ihr Blick ruhte auf Anja, die den Tisch abzuräumen begann und sich danach zu ihr setzte, die Hände in den Schoß faltete und ihre Mutter betroffen ansah.

Dass sie nichts über Hesarets Ankunft gesagt hatte, konnte sie ihr verzeihen. Sie war alt, gebrechlich und vergaß immer öfter, was sie eben noch tun wollte. Einmal, Anja schmunzelte bei dem Gedanken, sollte sie den Mittagstisch decken. Sie nahm Teller und Löffel und stapfte damit hinaus in den Stall. Ein anderes Mal zweifelte sie, überhaupt eine Tochter geboren zu haben, gar eine Enkelin zu besitzen. ... Anja sah Meriste streng an, während sie ihr eine dünne Decke um die Schultern legte. Der Frühling war immer noch recht kühl. Erst allmählich begann die Sonne die Spuren des nächtlichen Gewitters zu trocknen.

In die alte Seherin kam Bewegung.

„Was willst du?" Meristes Stimme raschelte wie trockenes Laub.

„Du hast Hesaret also kommen sehen. Ich nicht und Ensine auch nicht. Erklär' mir das!"

„Ach Kind." Sie bewegte ihren dünnen Finger mahnend hin und her: „Niemand von uns bleibt davon verschont, du nicht, Ensine nicht, selbst deine alte Mutter nicht – die einst mächtigste Seherin unseres Volkes."

„Wovon bleiben wir nicht verschont?"

„Vom Verlust unserer Visionen, von was sonst? Ein paar Jahre, soweit kann ich noch vor und zurückblicken. Was die Elemente uns vor Jahrtausenden gaben, haben sie uns wieder genommen. Ich bin zu mehr Weisheit gelangt als ich je weitergeben kann. Doch nun bin ich müde, mein Kind. Heute zittern meine Hände, wie bei jedem alten Weib. Meine Falten sind so tief wie Ackerfurchen, der Sabber läuft mir aus dem Mund und meine Lippen vermögen nur schwer die Worte zu formen, welche nötig wären, dir diese Welt zu erklären. Und mein Blick ist so trübe wie ich alt bin." Meriste verstummte, und es schien Anja, als wäre es für immer. Mit so deutlichen Worten hatte ihre Mutter noch nie zu ihr gesprochen. Gebannt lag ihr Blick auf der kleinen gebeugten Frau. Nur das anheimelnde Knistern der Holzscheite im Kamin übertönte die leisen Geräusche ihres Atems. Sonst war es so still, als streife der Tod durchs Zimmer – wartend, bis das letzte Wort gesprochen, der letzte Atemzug getan war.

„Des Menschen Zeit ist gekommen", fuhr Meriste unerwartet fort. Anja schrak zusammen. „Seine Befreiung aus Trong war nur ein Ende auf Raten." Warnend hob sie den Finger. „Es ist das Böse im Menschen, das ihn zu dem macht, was er ist. Von grenzenloser Gier nach Reichtum getrieben, gibt es nichts, was der Mensch nicht tun würde. Und sein Verstand macht alles noch schlimmer. Wie viele Generationen noch kommen, weiß niemand. Es könnten zehn oder zehntausend sein. Nur eins ist sicher: Macht der Mensch nicht Frieden mit sich selbst, wird er ihn anderswo nicht finden. Die Elemente werden sie entfernen, wie sie alles entfernen, was das Gleichgewicht des Lebens stört. Es sei denn, sie flößen ihrem größten Werk Vollkommenheit ein." Sie kicherte leise. „Nein, nein, das hätten sie längst getan, wäre da ..."

„Wäre, was?"

„Ich rede von Stillstand, mein Kind. Vollkommenheit führt zu Stillstand. Du kannst es drehen und wenden wie du willst, die Menschen sind längst Schatten ihrer selbst, verloren im ewigen Werden und Wachsen des Seins."

„Dann gibt es für uns alle keinen Ausweg?" Anja wandte sich von ihrer Mutter ab. Im Geiste sah sie Bilder, die sie am liebsten vergessen hätte: nackte, bleiche Menschen in einem riesigen Gewölbe, auferstanden aus eisigen Kammern, bluttriefende Bestien und fliegende Kreaturen. All das verwob sich zu einem Knäuel aus Angst und Schmerz. Sie griff an ihre Stirn und hätte sich am liebsten vornübergebeugt und erleichtert. Es war, als würde die Vergangenheit sie einholen.

Meristes Antwort war zu einem unverständlichen Rauschen mutiert, das wie aus weiter Ferne an ihr Ohr drang. Schweigend saßen sie sich gegenüber, bis Anja hob den Kopf. Das Blut war aus ihrem Gesicht gewichen und ihre Stimme war farblos und leer: „Und was ist mit der Liebe? Was ist mit Hesaret, mit Ensine und den anderen?"

„Hast du nicht zugehört?", krächzte die Seherin ungewöhnlich laut und in Anjas Ohren klang das schaurig und unabänderlich. „Es geht immer nur um Macht und Reichtum. Liebe ist eine nützliche Einrichtung, aber genau betrachtet so bedeutungslos wie Dreck unterm Fingernagel. Wäre es anders, hätten die Kinder immer genug zu essen, immer ein Dach über dem Kopf und für den Winter warme Kleidung. Doch der Mensch macht selbst vor seiner Brut nicht Halt. Glaub mir, mein Kind! Die Menschen haben keine Chance."

Anja konnte nicht länger an sich halten und fauchte ihre Mutter an: „So einfach machst du dir das? Nein! Du bist alt, Mutter. Deine seherischen Kräfte lassen nach und vergehen in der Endgültigkeit einer zweifelhaften Zukunft. Ich gehe nach Atragon. Adinofis wird wissen, ob du recht hast und was zu tun ist."

„Und wenn sie keine Lösung hat? Zwar liegen seit Jahrtausenden Hinweise in ihrem Archiv, doch sie scheinen genauso ratlos wie wir zu sein." Meriste winkte ab.

„Das kann nicht sein" Anja sprang auf und streifte hastig ihren Umhang über. „Mutter ..., ich muss an die Luft." Ihr Blick ging zur Tür.

„Warte", entgegnete Meriste mit einer Ruhe, die Anja nur noch mehr aufregte.

„Warten? Auf was denn?"

Anja setzte sich wieder auf ihren Stuhl, während Meriste mit der Hand durch die Luft fuhr: „Zum ersten Mal sah ich die Zukunft der Menschen an dem Tag, als ich Thyra nach Trong schickte. Seitdem hatte ich viele Visionen – das heißt immer wiederkehrende Fragmente davon. Manchmal traten die Bruchstücke klar und deutlich hervor und manchmal waren sie so grau und undurchsichtig wie Nebel an einem kalten Frühlingsmorgen. In der letzten Nacht sah ich auf einer weiten Ebene Bruder gegen Bruder kämpfen. Ich sah das Heer eines bartlosen Jünglings in glänzender Rüstung und mit einer Narbe im Gesicht – ein Königssohn, der seinen Thron erstreitet. Ihm gegenüber das Heer eines ehrenhaften Kriegers – ein König wohl, dem aber diese Würde weder gebührt noch liegt. Verworren, sag ich dir."

Die alte Seherin legte ihren Kopf auf die Brust. Es schien, als hätte sie alles gesagt, was zu sagen war, während draußen der Wind durch die Ritzen des Hauses blies und dem müden Feuer im Kamin neue Kraft verlieh.

Anja setzte sich nachdenklich neben sie und legte ihre Hände gefaltet in den Schoß. Sie war müde, ihr Rücken war gebeugt und ihr Atem rasselte, fast wie bei ihrer Mutter, der alten Meriste. Sie schloss die Augen und murmelte leise: „Und wo bist du, Adinofis? Siehst du nicht das Leid der Menschen, ihre Verzweiflung? ... Oh Herrin von Atragon, die Menschen brauchen dich!"

KAPITEL VI

DIE OFFENBARUNG

Ein feiner Dunstschleier hing an diesem Morgen über den Feldern von Tauron. Adinofis verließ die Stadt ein Tag nach Hesarets Abreise nach Saragon. Leichtfüßig ging sie, während ihre Hände durch das reife, volle Korn glitten.

Sie fühlte sich wohl. Der Gedanke an die Nacht mit Cenotes beflügelte ihre Sinne und trieb ihren Puls in die Höhe. Nichts konnte sie von dieser Höhe herabheben. Weder das geplante Konzil in Atragon noch der Besuch von Gill, ihrem Gehilfen, der von neuen Überfällen auf die Dörfer rund um Tauron und einem von der Rogan-Bande verübten Massaker in einem Dorf unweit der alten Residenz von Pragon berichtete, oder ihr Gespräch mit Cenotes über die Umstände seiner Geburt. All das war zwar nicht ohne Streit und Vorwürfe geblieben, aber die Nacht hatte ihnen letztlich doch noch die erhoffte Wärme und Versöhnung unter einer Decke gebracht.

Lächelnd schlenderte sie in den Feldern umher, streichelte sanft ihren Bauch, der schon bald fülliger werden würde, und genoss die endlose Stille. Nur die gedämpften Laute des Lebens drangen an ihr Ohr: Falken und Habichte, die auf Beutezug in schwindelnder Höhe kreisten, oder das unablässige Zirpen der Grillen und Myriaden von Mücken, die summend über den Halmen tanzten.

Nur langsam zog der Nebel ab und gab den Blick auf einen Himmel frei, an dem die Sterne allmählich verblassten. Sie streckte die Arme weit von sich, öffnete den Mund und fing die kühle, windige Luft. Die Halme schmiegten sich erregend an ihren Körper, sodass ihr ganz schwindlig war und jeder Gedanke an das Böse im Menschen aus ihrem Bewusstsein verschwand.

Nach einer Weile bemerkte sie, dass der Lederriemen an ihrer Hüfte sich am Schaft des Zepters verdreht hatte. Sie hob die Waffe ein wenig an und drehte sie aus der Wicklung heraus. Einen Moment lang dachte sie daran, seine magische Kraft zu nutzen, um schneller nach Atragon zurückzukehren. Doch der Gedanke verflog so schnell wie er gekommen war: Sie wollte die aufgehende Sonne genießen, den Duft der Felder atmen, den Wind in ihrem Haar und die kühle Erde unter den nackten Füßen spüren. Sie wollte an ihn denken, an die Glut in ihrem Schoß und das wunderbare Gefühl. Nichts würde sie daran hindern, die sinnlichen Empfindungen, die Cenotes in der Nacht bei ihr geweckt hatte, bis zur Neige auszukosten.

Unvermittelt drehte sie sich um und sah auf das schlafende Tauron. Ihr langes Haar schwang wie die weiß-blaue Fahne auf dem Palast. Er überragte die neu errichtete noch unfertige Stadtmauer um einiges, und seine vielen Fenster schienen wie früher erwartungsvoll auf sie herabzublicken. Aber die Zeit, in der sie die Menschengestalt annehmen durfte, war fast abgelaufen. Eine Stunde blieb ihr noch. Zu wenig, um in seine Arme zurückzukehren. Zu wenig, um ... Wehmütig suchten ihre Augen die Konturen seines Zimmers auszumachen, als sie im Augenwinkel ein seltsames Leuchten wahrnahm. Sie wandte den Kopf und sah ein bizarres Lichtband am Himmel auf sich zurasen. Kaum, dass sie Zeit fand, es sich näher zu betrachten, brach der Lichtstrahl unter lautem Getöse vor ihr den Boden auf. Die Luft warf sie nieder und ihr Körper erbebte unter dieser Kraft, die durch sie hindurchraste – in einer Sekunde, einem Lidschlag, völlig lautlos und warm.

Ist das der Strom des Lebens, fragte sie sich im Fallen und wunderte sich zugleich über diesen Gedanken, der so abwegig wie verwegen war. *Wer, außer Mutter, ist mit solcher Macht je in Berührung gekommen? Niemand!*

Benommen griff sie nach einem Bündel Halme und versuchte aufzustehen, doch die Schwäche kroch durch ihren Körper und hielt sie fest an den Boden gedrückt. Sie kniff die Augen zu und versuchte durch heftiges Atmen, dem Einfluss dieser Schwere zu entkommen. Als auch das nicht gelang, fuhr ein zorniges Stöhnen aus ihrer Brust. Wütend riss sie die Augen auf und war gerade im Begriff ihre Ohnmacht herauszuschreien, da gefror ihr Blick zu Eis. Das Bündel Halme begann sich aufzulösen, schmolz langsam dahin und verschwand schließlich im Nichts.

„Wie ... ist ... das ... möglich?“, hörte sie sich stockend fragen und sah auf ihre leere Hand, die so fremdartig war, als wäre es nicht die ihre.

Ihr war eiskalt und so unheimlich zumute, dass sie sich Halt suchend umsah. Aber was sich da vor ihren Augen auftat, hatte sie noch nie gesehen: Die Landschaft verschwamm hinter den durchsichtigen Wänden einer gewaltigen Blase. Und sie, sie saß mittendrin. Nichts war mehr an dem Ort, wo es vorher gestanden hatte. Selbst der Boden unter ihr war verschwunden. Stattdessen zog Rauch über ihre nackten Füße, mit seltsamen kleinen Schatten, die regellos hin und her rasten. Ihr Blick erstarrte in dieser Masse von winzigen Gestalten, die auf ihr entlangkrochen, an ihrer Kraft saugten und sie in das Dunkel einer alles verschlingenden Ohnmacht zogen.

Ist das der Tod? Mehr konnte sie nicht denken. Das plötzliche Verlangen, sich fallen zu lassen und einzutauchen in das seltsame Etwas, das von ihr Besitz ergriff, war stärker. Kraftlos sank ihr Kopf zur Seite, das Zepter entglitt ihrem Schoß und fiel zu Boden. Die verneinende Antwort aber kam unmittelbar. Sie drang so vehement in ihr Bewusstsein, dass sie aufschreckte und augenblicklich zu sich fand. Ihre Augen standen weit offen und der Blick eines erstaunten Kindes erhellte ihr Gesicht.

Sie starrte in das Gesicht ihrer Mutter, das verzerrt und übergroß einige Meter über ihr zu sehen war. Ihre einst weichen Züge wirkten herb und kantig, trotzdem ein Lächeln auf ihren schmalen Lippen lag. Und wären da nicht der Klang ihrer Stimme und diese wiegende Kopfbewegung beim Sprechen, Adinofis hätte sich in einem neuerlichen Albtraum gewähnt.

„Was machst du hier?", fragte Adinofis gequält.

„Du hast die Liebe entdeckt, wie ich sehe. Dein Gang war so beschwingt und anmutig. Das hat mir gefallen. Ich kenne das Gefühl."

Adinofis: „Was? Ich verstehe nicht."

Nora: „Na, dein Vater und ich. Du suchst nach einer Ruhe, der auch ich nachgejagt bin. Die Menschen nennen das: *Familie* ..."

„Warte, Mutter!" Adinofis streckte ihr die offenen Handflächen entgegen. „Du denkst, ich will ein Mensch werden, meine Existenz aufgeben, meine Pflicht als Hüterin der Menschen aufgeben und mit Cenotes eine Familie gründen? Ist es das, was du meinst?"

„Ich meinte ..."

„Aber Mutter. Das Leben ist den Menschen bestimmt, den Tieren und Bäumen und allem was sich bewegt auf Erden. Nicht mir, so gern ich das auch möchte. Du kennst die Regeln des Rates. Wir wachen über das Werden und Wachsen und sorgen für das Gleichgewicht des Lebens."

„Wer wüsste das nicht besser als ich", erwiderte Nora sanft. „Ich habe diese Welt als erste betreten, habe Reich und Zepter geschaffen und die Fähigsten unter euch für den Hohen Rat ausgewählt. Na ja, bis auf dieses Miststück Dalia. Dann kamst du. ... Oh, ich erinnere mich gut, wie sehr dein Vater mich drängte, mit dir in diese zornige Menschenwelt zu wechseln. Ich habe mich dagegen entschieden, hatte ja eine Aufgabe zu erfüllen. Und nun hocken wir zwei in dieser verdammten Sphäre, beobachten dich und fragen uns, welche Wahl du triffst?" Nora seufzte laut.

Adinofis rieb verzweifelt ihre Stirn.

„Mutter, ich weiß nicht, welche Wahl richtig ist. Vielleicht werde ich dir eher Gesellschaft leisten, als mir lieb ist."

„Du denkst an diesen Rogan?"

„Ja! ... Ich fürchte, er wird sein Geburtsrecht auf den Thron mit dem Schwert erstreiten und Cenotes herausfordern. Wie soll ich das verhindern. – Was wird aus dieser Welt, Mutter, wenn die Gewalt will nicht enden. Wird sie sich noch drehen, wenn das Leben wird sterben und mit Schwertern man schnell noch um den Frieden will werben? Wird sie sich noch drehen, wenn Feuerstürme den

Himmel umwehen, wenn keine Tränen mehr fließen, weil man das Leid wird aus Kübeln gießen, wenn der Regen vergeht und der Hunger nagt im Gedärm, wenn der Tod durch die Dörfer streift und die Menschen fallen wie Fliegen? Wird sie sich noch drehen, wenn die Leichen sich türmen, wenn man knechtet und raubt und dem Joch die Ewigkeit einhaucht?"

„Ruhig, mein Kind! Bleib ruhig! Ob die Welt sich dann noch dreht, wer weiß das schon. Aber die Menschen wird das nicht scheren. Sie werden in ihren Gräbern den Frieden begehren, bis das nächste Geschlecht beginnt dies grausame Geschäft."

„Und wir, was wird mit uns?"

„Den Leib der Terofem mit einem Kind zu ..."

„Ich kenne meine Schuld", wehrte Adinofis harsch ab und hob resigniert die Arme. „Du brauchst mich nicht daran zu erinnern."

„Lass mich ausreden, Kind! Das Gleichgewicht des Lebens wieder herstellen zu wollen, indem du der Königin ein Kind in den Leib setzt, noch dazu mit deinen Kräften, war nicht klug. Geh zu den Elementen, bitte sie um Rat oder geh den schmerzvollen Weg."

„Was meinst du mit 'schmerzvoll'?"

Nora musterte ihre Tochter.

„Du wirst es wissen, wenn die Zeit gekommen ist", entgegnete sie, während ihr Gesicht langsam verblasste.

„Bleib ... sprich, Mutter!", rief Adinofis erbost. „Sag, was zu sagen ist!"

„Hast du vergessen, mein Kind?", erklang ihre Stimme aus der Ferne. „Auch wir Feen müssen uns der Macht der Elemente beugen. Einer Macht, die über allem steht, die alles lenkt und fügt und der sich niemand entziehen kann, selbst ich nicht. Nein, Adinofis! Ich darf es dir nicht sagen. Ich würde in das Gleichgewicht des Lebens eingreifen, wie du. Erforsche dein Herz. Du bist die Hüterin des Lebens. Was du bewahrst, darf nicht sterben. Dafür zu sorgen, das ist deine Aufgabe, dafür wurdest du geboren."

Fahles Dämmerlicht lag über dem Feld. Jedes Geräusch war verschwunden, jedes Anzeichen von Leben fehlte, selbst das Flüstern des Windes schien sich zwischen den wiegenden Halmen des Feldes verkrochen zu haben. Doch die Worte ihrer Mutter hallten wie ein Sturm in ihr nach. Adinofis war verwirrt. Sie erkannte plötzlich ihre Bestimmung, die einzige Bestimmung: ein Schicksal, das sie nicht ändern konnte, wo es keine Liebe gab, dem sie sich opfern musste.

„Nur dafür wurdest du geboren", murmelte sie, während sich Wut in ihr aufstaute und allmählich aus ihr herausbrach.

„Zu mehr nicht?", schrie sie der aufgehenden Sonne entgegen. „Oh Mutter, komm zurück! Soll das etwa mein Schicksal sein, meine eherne Pflicht? Was ist mit meiner Liebe?! Bleibt sie nur eine Illusion für mich?"

Gehetzt irrte ihr Blick zwischen den wogenden Halmen hin und her. Sie sah im Geist die Bilder der vielen Toten, der grausam Entstellten, der klagenden Mütter und weinenden Kinder, der Hungernden, der Zerlumpten, der toten Gesichter ihrer Kriegerinnen und der geschlagenen Schlachten. Und mit einem Schrei, der wie ein Vulkan erbricht seine Glut, entlud sich in ihrem Zepter, das sie gen Himmel hielt in der Hand, der blendend heiße Strahl ihrer rasenden Wut.

Im Widerschein dieser magischen Gewalt zog ein grollend Sturm in dunkle Wolkentürme auf, riss Korn und Bäume, Wurzelwerk und Erdreich mit, zuhauf. Und weit von ihr entfernt die Berge wankten und in die Täler donnernd stürzten Felsgiganten. Flüsse, Seen wogten schäumend an den Himmelsrand und jedes Leben starb im Umkreis, wo ihr Zorn entbrannt.

Reglos stand sie, bleich und stumm. Und tief in ihrer Seele blies ein Sturm, als wollten alle Weltenwinde der Mutter Worte lösen aus dem festen Gebinde. Doch auf der verbrannten Erde, wo ihre Hände, Kleid und Füße rußgeschwärzt selbst diesem Zorne widerstanden, da fand sie keinen Ausweg, ihrem Schicksal zu entgehen. So ließ sie ab von ihrer Wut und des Zepters magischer Glut, sank weinend zu Boden, fühlte sich trostlos und leer und die Tränen in ihrem Schoß wogen wie Steine so schwer. Und als der Schmerz war endlich verflogen und des Schicksals Härte sich mit ihrem Herzen hatte verwoben, entstieg ein Leuchten der schwarzen Erde sanft und trug sie nach Atragon, zu beenden ihren schrecklichen Kampf.

Als das Leben in den Körper von Adinofis zurückkehrte, lag sie von einer leichten Decke umhüllt in ihrem Bett, hielt die Augen geschlossen und lauschte dem Wind, der murmelnd durch die Ritzen ihrer Fenster blies. Sie wunderte sich soeben über das seltsame Geräusch, als aus den windigen Tönen ein wohl vertrautes Summen wurde und immer deutlicher in ihr Bewusstsein drang. Unendlich langsam hob sie die Lider und sah Gill, wie er mit schwirrenden Flügeln vor ihren Augen auf und ab tanzte.

„Was tust du da?", fragte sie und schluckte heftig. Ihre Kehle war trocken und brannte wie Feuer.

„Na, was schon?", entgegnete Gill ernst. „Ich lausche deinen Worten."

„Worte?" Adinofis drehte sich auf den Rücken und sah nachdenklich zur Decke. Sie erinnerte sich an den Streit mit ihrer Mutter und an den Zorn in ihrer Brust, der über ihr Zepter in den Himmel aufgefahren war. Und dann? Ach ja, sie hatte die Zeit in ihrer menschlichen Hülle überschritten, das muss es gewesen sein, deshalb wurde es plötzlich so dunkel um sie herum. Gill hat sie zurückgeholt. Genau, so muss es gewesen sein. Aber da war auch noch dieser Traum. Verzweifelt versuchte sie, sich daran zu erinnern. Doch es wollte ihr nicht gelingen. Immer wieder glitten ihre Gedanken ab und blieben bei ihrer Mutter hängen. Nachdenklich wandte sie den Kopf und sah auf ihren Gehilfen, der noch immer mit ernster Miene flatternd in der Luft hing.

„Willst du dieses komische Geflatter nicht endlich sein lassen und mir was zu trinken bringen? Ich komme fast um vor Durst."

Gill flog in einer Linkskurve zum Tisch, der gegenüber dem Bettende an der Wand stand, füllte den kleinsten Becher mit Wasser und brachte ihn Adinofis.

„Hier", entgegnete er mürrisch, „mehr konnte ich nicht tragen. Und Bitte! hast du auch nicht gesagt oder gefragt, wie du hier her gekommen bist. Nichts! Nur: 'Gill, hör auf zu flattern, ich habe Durst'." Die Worte fielen wie Perlen aus seinem Mund, hart und eindringlich. Dabei schob er seine Unterlippe gekränkt vor und setzte sich mit verschränkten Armen an das Fußende des Bettes.

Adinofis sah ihn mit einem gequälten Lächeln an und streckte ihm versöhnlich die offene Hand entgegen: „Komm, vertragen wir uns! Ich weiß, ich bin manchmal unausstehlich. Auch beklage ich mich viel zu oft."

„Ja, das stimmt", sagte Gill und grinste verlegen. „Aber ich bin ja auch nicht immer ..." Seine Hände kreisten unsicher durch die Luft, als suchte er dort nach den richtigen Worten, während er langsam auf der Hand von Adinofis Platz nahm.

Nachdem er sich zurechtgerückt hatte, begann er mit großer Geste zu erzählen: „Als du fort warst, hat sich so einiges getan. Na ja, abgesehen von den Auswirkungen deines Wutanfalls."

„Was für Auswirkungen?"

Gill winkte ab. „Darauf komm ich noch." Er schlug seine winzigen Beine keck übereinander. „Also, Sol hat Salina im Ratssaal aufgesucht. 'Wie aus heiterem Himmel stand er plötzlich neben mir', meinte sie ..." Er zog ein übergroßes Tuch aus seiner Hosentasche und schnäuzte sich geräuschvoll die Nase.

„Und?" Adinofis rutschte neugierig ein Stück nach vorn: „Weiter! Was noch?"

„Sol sagte, dass die Elemente diesem Rogan einen Besuch abgestattet haben. Bei ihm muss wohl gerade der Winter eingezogen sein." Gill schüttelte sich vor Lachen. Dann schob er seine Mütze aus der Stirn und erzählte weiter. „Salinas fragte nach dem Unterschlupf und Sol sagte: 'Die Bande versteckt sich im Korsaktal' ..."

„Im Schloss von König Lan", warf Adinofis ein.

„Damit kämen wir zum wichtigsten Ereignis an diesem Tag ..." Gill wirkte abgelenkt. Er sah aus dem Fenster und bemerkte nachdenklich: „Die Mittagszeit ist überschritten, eigentlich hättest du die Lebenskugeln der Neugeborenen aus der Schale des Lebens holen müssen."

„Wie kommst du gerade jetzt darauf?"

Gill zuckte mit den Schultern. „Vielleicht, weil es schon so lange keine mehr gegeben hat." Sein Blick kehrte zu ihr zurück: „Jaaa, du hast furchtbar gewütet, meine Liebe."

Adinofis zuckte zusammen. Ihre Miene wurde finster.

„Wie furchtbar?"

„Hm, ich konnte es von meinem Zimmer aus sehen. Der Himmel war schwarz wie die Nacht. Gewaltige Wolken türmten sich auf. Donnerschläge brachten die Luft zum Bersten. Monströse Blitze zuckten und jagten mit ohrenbetäubendem Getöse in die Erde. Sie pflügten den Boden in weitem Umkreis wie mit einer gewaltigen Pflugschar. Ein Netz von Funkenkaskaden und züngelnden Flammen nährte sich an allem, was sich ihnen in den Weg stellte – die Kornfelder um Tauron, die Wiesen und große Teile des noch jungen Buchen- und Kiefernbestandes ... Alles verkohlt, zerstört oder durch die heftigen Druckwellen fortgetragen. Zwar hatte ich mich sofort auf den Weg

gemacht, doch es war bereits zu spät. Na ja, was dein Zeit-
limit anbelangt, da hattest du noch mal Glück. Sonst hätte
ich dich in der Sphäre des Lichts besuchen können. Verdammt, Adinofis, du musst wirklich besser auf dich acht-
geben!" Gill verstummte, da er merkte, wie entsetzlich still
es im Zimmer geworden war. Ruckartig hob er den Kopf.
Aus einem aschgrauen Gesicht starrten ihn weit geöffnete
Augen an.

Adinofis saß wie zu Eis gefroren vor ihm. Ihre Stirn lag
in Falten. Kleine Schweißtropfen perlten an ihnen entlang,
über die Nasenwurzel an der Wange herunter. Sie sahen
aus wie Tränen. Vielleicht waren es auch Tränen oder sie
waren mit Schweißtropfen vermischt. Gill wusste es nicht.
Er fühlte nur, wie ihm das Blut in die Schläfen schoss und
wild darin pochte.

„Adinofis!", schrie er aus Leibeskräften. „Hörst du
mich? Adi..."

„Schrei nicht so, ich höre dich ja", entgegnete sie ruhig,
schlug stöhnend die Hände vors Gesicht und rieb sich minutenlang die Stirn, als wollte sie all den Kummer aus ihrem Kopf treiben. Seufzend lehnte sie sich Augenblicke
später gegen das Bettgestell und blickte versonnen durch

den Raum. Sie hatte geglaubt, es würde nichts Schlimmeres geben, als in das Gleichgewicht des Lebens einzugreifen. Mit Cenotes Geburt hatte sie das einmal gemacht. Und nun ein weiteres Mal? Wie sollte sie das vor dem Rat rechtfertigen? Mit ihrer menschlichen Hälfte etwa? Oder hatte ihre Mutter recht? Befand sie sich tatsächlich in einem Konflikt zwischen Liebe und Pflichterfüllung? Egal, nichts rechtfertigte den Eingriff in die Natur. Sie war die Hüterin der Menschen. Das war ihre Pflicht, der musste sie nachkommen. Sofort fiel ihr Rogan ein, der Bandit, der wer weiß wie viele Menschen auf dem Gewissen hatte und sich nun anschickte, sein Geburtsrecht einzufordern – König von Targona zu werden.

Mit einem Satz sprang sie aus dem Bett.

Gill war davon so überrascht, dass er sich beim Luftholen verschluckte. Hustend und prustend flatterte er auf, drehte hektisch einige Runden über dem Bett und landete schließlich keuchend auf dem Tisch neben dem Bett. Mit großen Augen sah er Adinofis abwartend an, die sich kurz nachdenkend an die Stirn fasste: „Flieg zu Salina und sag ihr, dass ich den Hohen Rat und die Elemente des Lebens in drei Tagen zu einem Konzil bitte."

„Und was willst du machen?"

„Ich zieh mich jetzt an, warte auf deine Rückkehr und dann werden wir ins Korsaktal gehen, ins Schloss von König Lan. Schließlich müssen wir einen Krieg verhindern. Du weiß doch, was meine Mutter immer gesagt hat: 'Nur der Entschlossenste gewinnt'. Und glaub mir, Gill, wir müssen gewinnen." Sie sah ihn eine Weile diabolisch grinsend an. Dann fuchtelte sie mit der Hand durch die Luft und rief: „Na los, hinaus! Ich will mich für die Banditen zurechtmachen."

Währenddessen dachte sie an ihre letzte Reise nach Saragon, als sie Anja und die alte Seherin Meriste besuchte, an die wunderschöne Gebirgslandschaft, mit den tiefen Tälern, Schluchten, den dichten Wäldern und dem reichhaltigen Wildbestand. Während der Zeit, da Sartos die Erdkreise beherrschte, flohen Zigtausende vor den fliegenden Sammlern in die Berge, um sich in den Wäldern und Höhlen zu verstecken. König Lan hatte vielen Dutzend in seinem Schloss im Korsaktal Schutz gewährt. Er fiel in der großen Schlacht gegen Sartos. Sein Schloss verkam zu einer Ruine, in der nur noch Ratten ein Heim fanden.

Adinofis grinste hämisch: „Ja, *Ratten* war zutreffend."

Das Schloss im Korsaktal

Nach dem Gemetzel auf der Waldlichtung erreichte Rogan mit dem Rest seiner Leute unbehelligt den südlichen Einstieg in das von dunklen Wolken verhangene Gebirge von Saragon. Der Pfad war steinig und eng, der einzige weit und breit. Zu beiden Seiten ragten steile Felswände in den Himmel und die Pferde konnten nur in Reihe und mit größter Vorsicht den schmalen Durchlass ins Korsaktal passieren. Nach einer halben Stunde öffnete sich ihnen der Blick auf die verfallene Schlossruine König Lans.

Ein schweres Gewitter brach los. Der Weg ins Tal zur Zugbrücke war kaum zu erkennen. Man hörte nur das Knirschen und Ächzen der Ketten beim Herablassen, während von den zerfallenen Türmen und Wehranlagen viele Dutzend Bandenmitglieder grölend die Ankunft ihres Anführers feierten. Der Innenhof war angefüllt von seinen Anhängern, von Huren, Halbwüchsigen und zerfledderten Karren, die mit Fässern voll Met und allerlei geraubter Beute beladen regellos umherstanden. Die Meute drängte sich Rogan so vehement entgegen, dass sein Gefolge gewaltsam eine Gasse bahnen musste, durch die er trotz

Erschöpfung und Nässe stolz und erhobenen Hauptes sein Pferd lenkte.

Ja, hier war er die Macht. Und sie, sie brüllten seinen Namen, nannten ihn König, rühmten seine Raubzüge und die Beute, die sie alle reich gemacht hatte. Doch tief in seinem Innern wusste er, dass es nur Gesetzlose waren. Eine Bande von Dieben, Mördern und Vergewaltigern, die nichts anderes im Sinn hatten als Rauben und Töten. Konnte er ihnen vertrauen? Nein! Er bediente sich ihrer nur, um seinen Anspruch auf Taurons Thron geltend zu machen. Es war ein Haufen, den er in fünf Jahren auf die stolze Größe von achttausend Mann gebracht hatte. Das Hochgefühl, an der Spitze einer waffenstarrenden Armee zu stehen und als neuer König siegreich in Tauron einzuziehen machte ihn trunkener als der Met in seinen Kellern.

Als er inmitten seines Gefolges die große überdachte Freitreppe vor dem Haupteingang erreicht hatte, erwartete ihn bereits Balatas, sein Stratege und engster Vertrauter. Wie ein Fels stand der 46-jährige Hüne auf dem obersten Treppenabsatz. Er war nicht mehr jung, aber immer noch so kräftig gebaut, dass er mit einem Schwerthieb mühelos ein Pferd in zwei Hälften teilen konnte. Er besaß eine unbändige Kraft, die Rogan in Trong vor dem Tod bewahrt hatte. Seitdem sind sie zusammengeblieben, sind ziellos durch die Lande gestreift und hatten sich herumstreunendem Gesindel angeschlossen, bis ihm Balatas eines Tages von seiner früheren Stellung als Leibwächter am Hof von König Argonat erzählte. Ein Tag, den Rogan nie vergessen würde, der ihm enthüllte, dass königliches Blut durch seine Adern floss und er der Thronfolger Taurons war.

Rogan stieg vom Pferd. Er streckte seine Glieder und rieb sich das Blut in die Beine, während Balatas leicht gespreizt stehend vom Treppenabsatz herabsah und keine Miene verzog.

„Was ist los, alter Haudegen?!", rief Rogan übermütig lachend. „Ist es das Wetter, das dich in miese Stimmung versetzt, oder was?" Er öffnete die Arme und stieg in majestätischer Haltung die Stufen hinauf.

„Du warst lange fort, Rogan. Du weißt nicht, was hier vorgeht." Balatas Miene blieb abweisend steif.

Rogan packte seinen Kumpan hingegen mit festem Griff, drückte ihn an sich und zischte ihm zu: „Begrüße deinen König mit dem nötigen Respekt, die Meute dort unten erwartet das!"

Balatas lächelte gequält, trat einen Schritt zurück und neigte ehrerbietig den Kopf. Frenetisches Gebrüll brandete daraufhin durch den Innenhof und erfüllte minutenlang die Mauern der Schlossruine, während Rogan seinen Gefolgsleuten in Siegerpose zuwinkte.

„Ein würdiger Empfang", flüsterte Balatas mit Galgenhumor. „Es fehlt nur noch, dass sie Vater rufen oder kriechend den Schweiß von deinen Füßen lecken."

„Na, das wär doch mal was", entgegnete Rogan und klopfte Balatas belustigt auf die Schulter. „Nun komm, lass uns essen und trinken! Und erzähl mir, was hier vorgeht." Rogans rückte seinen Schwertgurt zurecht und rieb sich gut gelaunt die Handflächen.

Wie von Zauberhand berührt, öffneten sich die Türen am Eingang und die beiden Männer verschwanden in der großen Vorhalle des Schlosses. Ausgetretene Stufen führten ins Obergeschoss, in dem die Wohnräume des einstigen Königs lagen. Dort hatte Rogan sein Quartier bezogen, dort hielt er Rat mit den Hauptleuten oder amüsierte sich mit Alisia, seiner Lieblingshure. Doch wenn er Balatas Bericht Glauben schenken wollte, musste er wohl heute auf die angenehmen Seiten der Macht verzichten.

Kaum hatten sie sich Rogans Quartier genähert, sprangen die Türen auf und eisiger Nebel strömte in den Korridor, der den Boden und einen Teil der gegenüberliegenden Wand sofort gefrieren ließ. Rogan trat neugierig an den Türrahmen und befühlte mit der Hand den glitzernden Frost, der Möbel und Wände mit einer dünnen Schicht überzogen hatte. Bizarre Eisgebilde ragten im Kamin empor, als wäre das Feuer in Sekundenschnelle gefroren.

Langsam ging er in den Raum und sah zum Kronleuchter auf, der ebenso mit einer Eisschicht belegt war und an dessen Bogenstreben dicke Eiszapfen hingen. Ungläubig wandte er sich Balatas zu: „Wie kommt das Eis hierher, mitten im Frühling?" Er ging zum Kamin und schlug mit der Handkante wieder und wieder gegen die gefrorenen Feuerzungen, dass das Eis knirschend brach und die Splitter durch den Raum flogen. „Hast du jemals gefrorenes Feuer gesehen? Hast du das?"

Balatas stand ungerührt da, während Rogan nach Atem ringend sich gegen die Kaminkante stützte. Seine Lungen pumpten schmerzhaft die eisige Luft. Wieder und wieder schlug er mit der flachen Hand gegen den Sims. Alles erinnerte ihn an die Eiskammer von Trong, aus der er damals verzweifelt versucht hatte zu entkommen. Seine Knie begannen zu zittern, dann seine Schultern, die Arme. Er hob den Kopf und wankte zum Ausgang. Als er an Balatas vorbei taumelte, flüsterte er schwach: „Ich muss hier raus, Balatas. Ich kriege keine Luft. Ich muss schlafen." Seine Blicke irrten verzweifelt durch den Flur, während ihn Balatas stützte und nebenan in das Schlafgemach des einstigen Hausherrn führte. Rogan sank stöhnend in die muffigen, mit einer dicken Staubschicht bedeckten Kissen.

„Finde heraus, woher das Eis kommt, Balatas!" Mühsam hob er den Kopf und sah auf seinen Vertrauten. „Töte, wen du willst, aber finde es heraus!" Kaum hatte Balatas den Raum verlassen, fand Rogan wieder zu sich. Sein Atem wurde ruhiger, das Gefühl der Schwäche verflog und seine Kräfte kehrten allmählich zurück. Müde drehte er sich auf die Seite, schob den Arm unter seinen Kopf und war Minuten später eingeschlafen.

Im Würgegriff der Angst

Adinofis kam in der Nacht, unsichtbar für jedes menschliche Auge. Trübes Mondlicht lag über dem Korsaktal und den zerstörten Mauern, Türmen und Schießscharten des einst prächtigen Schlosses von König Lan. Die für Menschen lautlosen Schreie zahlloser Fledermäuse dröhnten ihr schmerzhaft entgegen. Von allen Geräuschen dieser Welt konnte sie diese am wenigsten ertragen. In Atragon erzählte man, dass Fledermäuse magische Kräfte besitzen würden und der Zauberei schadlos widerstehen könnten.

Adinofis lächelte: Diese Tiere sind eine Spielart des Lebens, nicht mehr und nicht weniger. Doch irgendwie passt die Anwesenheit dieser kleinen schwarzen Geister in das Gesamtbild dieser Nacht: gespenstische Stille, Dunkelheit, eine Schlossruine und Vollmond an einem mit Schleierwolken verhangenen Himmel. Na ja, Gills Schnarchen gehört natürlich auch dazu.

Adinofis passierte das noch intakte Haupttor und lief über den Innenhof auf die große Freitreppe zu, die in das Schlossinnere führte. Kälte schlug ihr entgegen als sie die Eingangshalle betrat. Ihr Blick wanderte über die gewundenen Stufen hinauf in die oberste Etage. Dort befanden sich Lahns ehemalige Wohn- und Schlafräume. Sie erinnerte sich, das Schloss zu einer Zeit besucht zu haben, da es seinen Bewohnern und dem Land Saragon an nichts fehlte. Damals war sie noch jung und unerfahren im Umgang mit der Magie gewesen. Was kümmerten sie da irgendwelche Gefahren. Es war ihr erster Auftrag. 'Alles halb so schlimm', hatte sie sich damals eingeredet und zur Krönung von König Lan im Thronsaal hinter ihn gestellt, um ihn vor der List und Tücke derer zu schützen, die ihm seine Krone neideten. Noch nie hatte sie damals so viele Menschen an einem Ort gesehen und erst im letzten Augenblick einen Mordanschlag auf den König beobachten können. Adinofis schmunzelte bei dem Gedanken an Lans Sohn Aris, der sich in seinem Bestreben, den eigenen Vater umzubringen, verzweifelt bemüht hatte, sein Messer aus dem Schaft zu ziehen, bis schließlich die Leibwache des Königs auf ihn aufmerksam wurde und ihn überwältigte. Tage später hat König Lan seinen Sohn des Landes verwiesen. Die Tat hatte sich wie ein Lauffeuer verbreitet. Der Sohn fiel ins Elend und verhungerte schließlich an irgendeinem Straßenrand, ohne dass ihm die Menschen zu Hilfe kamen.

Adinofis folgte den Stufen zu den oberen Räumen. Ihre dunklen Augen verschmolzen mit der Finsternis im Korridor. Die dunkle Robe raschelte leise an ihren Fußgelenken. Sie wusste, in welchem Raum Rogan schlief. Gill hatte vor der Abreise sein magisches Dreieck über die Handfläche gestreift und ihr auf dem so entstandenen nebulösen Bild das Zimmer gezeigt.

Zielsicher steuerte sie darauf zu. Sie warf nicht einmal einen Blick in die mit kaltem Weiß überzogenen Räume, an denen sie vorüberging, oder auf die im Korridor am Boden in schwere Decken eingehüllt schlafenden Menschen. Sie ging daran vorbei als existiere es nicht.

Als sie Rogans Zimmer betrat, verstummten plötzlich die Schnarchgeräusche unter ihrem Haarschopf. Drinnen war die Kälte nicht so spürbar, im Kamin brannten die letzten Holzscheite nieder. Umgeworfene Stühle und eine Menge Unrat lagen herum. Über dem in der Mitte des Raumes stehenden Bett hing ein überdimensionaler Kronleuchter, von dem es tropfte und der schon bessere Zeiten gesehen hatte. Adinofis legte ihr Haar zurück und befahl Gill, sich an das Kopfende des Bettes zu stellen und das Dreieck über seine Hand zu streifen: „Er darf sich nicht rühren, nur sprechen."

Gill tat, wie ihm geheißen, während sie langsam um den schlafenden Rogan herumging und ihn musterte: *Ein Jüngling im Angesicht. Von stattlicher Statur zwar, doch ohne Brusthaar oder jungen Flaum. Ein Anführer? Das Ebenbild aus meinem Traum?* Sie setzte sich neben ihn auf die Bettkante, als wenig später ein tiefes Grollen aus ihrer Brust drang. Es schwang sich dröhnend auf, stieß hart gegen die Wände, hinaus in Flure und Räume, in jeden Winkel des Gebäudes, sodass Rogans Anhänger erwachten und sich schreiend vor Schmerzen die Ohren zuhielten. Das Grollen hielt noch an, als Rogan erwachte und seine gehetzten Blicke wie im Wahn umherirrten.

Ein furchtbarer Lärm erfüllte seinen Kopf. Etwas, das ihm die Angst in die Knochen trieb, das sich finster und bedrohlich durch sein Hirn quälte und jede Faser seines Körpers schmerzhaft vibrieren ließ. Zornig schrie er seine Wut in den Flur hinaus, doch niemand hörte ihn. Die Schreie der anderen waren lauter, durchdringender und vermischten sich mit dem dumpfen Grollen zu einem unerträglichen Getöse.

Nach einigen Minuten ließ der Lärm nach und Rogan glaubte für einen kurzen Moment, dass alles nur ein Albtraum gewesen sei. Da streckte sich ihm eine weiße Hand aus dem Nichts entgegen und zerrte seine warme Decke herunter. Er wollte schreien, doch der Ton blieb ihm im

Halse stecken. Das Gesicht einer Frau erschien über ihm und die Konturen eines schwarzen Umhangs, der mit einem Strick unter ihrem Kinn zusammengebunden war. Hilfe suchend sah er zur Tür. Doch da waren nur die grässlichen Schreie seiner Leute.

Seine Blicke kehrten zu Adinofis zurück und blieben an ihrem farblosen Gesicht haften. Er sah, wie sich ihre Lippen bewegten, aber sie schienen nicht mit ihm zu sprechen. Noch jemand war in diesem Raum. Mit ganzer Kraft versuchte er den Kopf zu drehen und den Unbekannten auszumachen. Da hob die Frau ihre Hand und berührte ihn an der Brust, dort wo das Leben beginnt und wo es einmal endet. Ruckartig erstarrten seine Augen, ein schmerzhaftes Hecheln drang über seine Lippen.

Adinofis packte Rogans Herz. Sie spürte das angsterfüllte Pochen in ihrer Hand und es war ihr eine Genugtuung zu wissen, wie viel Druck nötig war, um es stillstehen zu lassen.

„Ich bin Adinofis, die Hüterin der Menschen und Herrin von Atragon", ertönte ihre chorale Stimme.

„Was willst du von mir?", stöhnte Rogan unter großen Schmerzen. „Was habe ich getan, dass du mich quälst?"

„Ist dein Gedächtnis so schlecht?"

„Warte, bis meine Leute kommen."

„Ach ja, deine Leute. Ich vergaß." Adinofis lachte bissig und gab Rogans Herz frei. „Deine Leute versuchen gerade, ihr kümmerliches Leben zu retten." Sie stand auf, ging zum Fußende des Bettes, stützte ihre Arme auf das Gestell und sah Rogan nachdenklich an. „Ich habe einen Vorschlag. Akzeptiere oder stirb!"

„Sterben?" Rogan grinste verächtlich. „Dann wärst du wie wir."

„Stimmt. Aber solange du nicht weißt, ob ich Skrupel genug habe, dich und deine Leute sterben zu lassen, wirst du bereit sein auf die Krone deines Vaters zu verzichten."

„Das ist Erpressung. Du musst verhandeln."

„Wie du, mit dem Schwert?"

Rogan lachte schallend, seine Augen blitzten: „Zeig mir einen, der noch nicht gemordet hat. Selbst die alten Weiber morden, wenn es ihnen nützt. Nur nicht mit dem Schwert. Sie tun es mit Kräutern. Ein wenig mehr in den Becher und statt zu heilen vergiften sie."

„Darum geht es nicht", erwiderte Adinofis. „Du mordest Alte, Frauen und Kinder und tötest deine Gefangenen.

Das ist barbarisch. Und nun greifst du nach der Krone und findest dich im Recht."

„Die Krone gehört mir!", schrie Rogan mit wutverzerrtem Gesicht und warf seinen Körper hin und her. „Ich bin der Erstgeborene des Hauses Argonat und dieser Bastard in Tauron soll sich dahin scheren, wo er hergekommen ist, in den verfluchten Leib seiner Mutter!"

Adinofis schüttelte den Kopf: *So kommen wir nicht weiter.* Ihr Blick lag auf einem Räuber, Mörder und Vergewaltiger, einem Titan von Mann, gestiefelt und gespornt, die Beine leicht gewinkelt, mit blutverschmiertem offenem Hemd und schulterlangem Haar, das dicht gelockt, verschwitzt und wirr sein jungenhaftes Gesicht umrahmte – einem arroganten, skrupellosen und machtbesessenen Menschen, dessen kampferprobter, kräftiger Körper von den magischen Kräften ihres daumengroßen Gehilfen im Zaum gehalten wurde.

Adinofis atmete tief ein: „Ich will dir sagen, was jetzt geschieht. Deine Leute werden sich verzweifelt schreiend die Ohren vom Kopf reißen. Unfähig zu fliehen, kriechen sie über den kalten Marmorboden und ihre blutigen Finger krallen sich in das harte Gestein. Die Schmerzen in ihren

Adern und im Hirn wachsen ins Unerträgliche, bis sie es nicht mehr aushalten. Dann hörst du nur noch dumpfe, schlagende Geräusche. Ihr Wehklagen verstummt. Du trittst in den Flur und siehst ihre Leiber auf dem Boden liegen, mit aufgeplatzten Schädeln, aus denen sich langsam das wabernde Hirn herausschält." Adinofis sah Rogan durchdringend an. „Glaub mir! Ich habe Zeit, du nicht. Entscheide dich!"

Rogan sog gierig die kalte Luft in seine Lunge. Seine Augen folgten der Fee, die gelassen durch den eisigen Raum spazierte und darauf wartete, dass er aufgab. Er dachte nach und lauschte dem Lärm, der außerhalb dieses Raumes furchtbar wütete, bis sein Gesicht allmählich entspannte. Fast schien es, als sei er mutlos geworden und hätte nachgegeben.

Adinofis drehte sich um und hob warnend den Finger: „Du kennst das Leben, Rogan. Der Starke besiegt den Schwachen. Das ist das einzige Gesetz, das du kennst. Nun wendet es sich gegen dich. Ist das gerecht? Ja, ist es. Denn in diesem Fall folgt es edlen Zielen, im Gegensatz zu deinen. Also, verzichte auf die Krone und geh mit Cenotes ein Macht teilendes Bündnis ein."

„Eine schwere Entscheidung", erwiderte Rogan, ohne zu zögern. „Doch warum teilen, wenn man alles haben kann?"

Adinofis war aufgebracht. Drohend legte sie ihre Hand auf das Herz des Bandenführers und klopfte mit dem Finger darauf herum. „In diesem Herz ist keine Liebe. Doch ihr seid Brüder, habt die gleiche Mutter und niemanden mehr außer euch selbst. Ist das nicht Grund genug, miteinander Frieden zu schließen?" Eine flüchtige Bewegung ihrer Hand ließ den Lärm außerhalb des Zimmers verstummen. Mit den Augen befahl sie Gill zu sich und löste den Bann über Rogan auf, der sofort von seinem Bett sprang, das Schwert unter dem Kopfkissen hervorzog und sich siegessicher vor ihr aufbaute.

Adinofis lächelte und wies auf die Schwertspitze an ihrem Hals. „Hast du soeben nichts gelernt, Rogan? Der Besonnenheit gehört die Zukunft, nicht dem Schwert. Verbünde dich mit deinem Bruder und führe das Land zu neuer Blüte."

Rogan ließ sein Schwert nachdenklich sinken.

„So etwas wie dich an meiner Seite und wir könnten die ganze Welt beherrschen", flüsterte er.

„Die Welt beherrschen? Das wollten schon andere vor dir und sind kläglich gescheitert." Adinofis sah Rogan fest in die Augen. „Nein, die Welt lässt sich nicht beherrschen, die Herzen der Menschen dagegen schon." Adinofis nickte ihrem Gehilfen zu. Sofort öffnete ein kegelförmiger Schlund den Durchgang in die Welt der Feen. Kälte strömte durch die Öffnung in den Raum und ein tiefer brummender Ton brachte das Eis an den Wänden zum Bersten. Unfähig sich zu rühren, kauerte Rogan mit schreckgeweiteten Augen in einer Nische und presste die Handflächen gegen seine Ohren. Was konnte er tun? Wie sollte er sich schützen vor dieser Urgewalt, diesen unbekannten gewaltigen Kräften dieser Frau? Oh, hätte er sie doch an seiner Seite. Er würde die Welt beherrschen, das Universum.

Kaum, dass sich der Schlund geschlossen hatte, stand Rogan auf. Er schlotterte am ganzen Körper: vor Kälte, vor Angst, vor einer weiteren Machdemonstration dieser anderen Welt? Er wusste es nicht. Argwöhnisch sah er in den Flur. Seine Schritte klackten holprig über den Boden und hallten, während er nach draußen ging, schaurig von den Wänden wider. Er stolperte durch das mitternächtliche

Dunkel der Schlossruine und wusste, wenn er nicht schnell handelte, würden alle seine Ziele, die er sich in den zurückliegenden Jahren gesteckt hatte, unerreichbar werden. Das war schon in der Kindheit so. Cenotes durfte alles, er musste gehorchen. Pferde satteln, Waffen putzen, Kampfturniere vorbereiten, Lieferungen überwachen, Steuern eintreiben – das und mehr waren seine Aufgaben. Cenotes führte man in königliche Aufgaben ein: repräsentieren, verhandeln oder wichtige Gespräche mit anderen Königshäusern führen. Er war ja auch etwas Besonderes, hatte diese seltsamen Kräfte: konnte weiter springen, schneller laufen, härter zuschlagen und irgendwie in die Zukunft sehen. Der Krieg gegen Sartos hatte Tauron zerstört und ihn zurückgelassen – allein, inmitten von Banditen und Wegelagerern. Er wurde ihr Anführer und sie seine Familie. Cenotes war nicht sein Bruder. Die Krone stand ihm nicht zu.

Auf dem Weg in den Innenhof begegnete ihm zahlreiches Lumpengesindel. Einige lehnten mit schmerzverzerrtem Gesicht an den Wänden, andere lagen schreiend quer im Flur oder krümmten sich vor Schmerzen auf der großen Freitreppe zum Innenhof. Hilfe suchend blickten sie auf, als er an ihnen vorüberging, oder reckten ihm flehend ihre

Hände entgegen. Doch für ihn waren sie nur nützliche Werkzeuge, die er für eine tägliche Mahlzeit, ein Pferd oder ein rostiges Schwert angeheuert hatte. Er besaß keine Skrupel, sie in die Schlacht zu schicken und verbluten zu lassen. Denn es zählte nur die Macht. Dafür war ihm jedes Mittel recht. So stieg er seelenruhig über ihre Leiber hinweg oder wich ihnen aus, als wären sie nur Abfall. Er suchte Balatas, dem er vertraute und der ihm sagen konnte, wie es mit der Schlagkraft seiner Truppe bestellt war. Das Erlebnis von eben verdrängte er wie den Dreck zu seinen Füßen.

Sein müder Blick wanderte Balatas suchend über die große Freitreppe. Dann stieg er die Stufen hinab, ohne Gefühl und Gedanken, während er sein Schwert kraftlos hinter sich her zog. Er sah auf die schreienden Körper zu seinen Füßen und trat auf sie. Eine neue Stufe kam. Sie verschwamm vor seinen Augen zu einem unwirklichen Etwas, das sich wie eine Viper so langsam von ihm wegschob. Rogan schrie auf, fasste sich an die Stirn und rieb seine Augen. Da drehte sich der Himmel über ihm und er spürte, wie ihn jemand auffing.

„Balatas?", stöhnte er. „Wo bist du ...?"

Ein Gesicht beugte sich zu ihm herab, diesen abscheulichen Geruch von Schweiß kannte er und auch die Stimme. Doch die Worte drangen nicht zu ihm durch. Als er seinen Kopf heben wollte, packten ihn harte Hände. Sie zerrten ihn vor den Eingang und schlugen in sein Gesicht, bis er zu sich kam und abwehrend die Arme hob. – Wieder war da diese Stimme, nur diesmal klar und verständlich: „Rogan, du Bastard, komm endlich zu dir, verdammt!"

„Was ist los?" Rogan fuchtelte mit den Händen wild in der Luft, während er taumelnd aufstand und seine Umgebung musterte. Sein Blick fiel auf Balatas.

„Wo ist sie hin?", stammelte er.

„Wer? Wen meinst du?"

„Na, die Frau mit dem geflügelten ... Wasweißich."

Sie war hier? Balatas sah sich gehetzt um, er wusste sofort, wen Rogan meinte. Und das machte ihm Angst.

Rogan schüttelte den Kopf, um den stechenden Schmerz in den Schläfen loszuwerden und wieder klar denken zu können, steckte sein Schwert unbeholfen in die Scheide und befahl Balatas mit einem Wink ins Schloss. Ohne zu zögern, ging er hinter Rogan her, der wankend die Stufen hinaufstolperte und in seinem Schlafgemach verschwand. Als Balatas den Raum betrat, saß Rogan bereits im Kaminsessel und zeigte auf den zweiten Sessel ihm gegenüber: „Setz dich, wir müssen reden!"

„Reden?"

Rogan musterte Balatas und zeigte zum Flur: „Siehst du das Blutbad dort draußen?"

„Ja, ich sehe es. Ich weiß, wer das getan hat", flüsterte Balatas kaum hörbar, während Rogan sich nach vorn beugte und ihn erstaunt ansah.

„Was weißt du?"

„Ich hörte von diesen Wesen und ihren magischen Kräften als ich vor vielen Jahren ein Gespräch zwischen Metron, dem Protokollführer Argonats, und Taurons Heerführer Reimer belauschte. Du weißt, wer Reimer ist?"

„Ja!" Rogans Mundwinkel zuckten angriffslustig. „Das ist Hesarets Vater. Noch ein Problem, das ich lösen muss." Er lehnte sich herrisch.

„Also, Metron und Reimer trafen sich damals in der königlichen Galerie. Auf dem Weg zur Küche sah ich sie, wurde neugierig und stellte mich neben den Türrahmen. Metron sprach von geisterhaften Wesen, Feen mit magischen Kräften, und einem Treffen zwischen der Fee Adinofis und deiner Amme Sidonis. Im selben Monat wurde dein Bruder Cenotes geboren."

Rogan versank ins Schweigen. Er spürte, dass diese Nacht etwas Überraschendes in ihm freigesetzt hat. In irgendeinem Winkel seines Herzens lag die Erkenntnis, dass es auf dieser Welt noch mehr gab, als mit den Fäusten sein Recht durchzusetzen. War es die Angst vor diesem Wesen, die ihn sein Inneres abhorchen ließ? Adinofis' Vorschlag war zwar verlockend, aber der Gedanke an den Kampf gegen seinen verhassten Bruder gefiel ihm besser.

Rogan sah auf seine Hände. *Sagte sie nicht, an ihnen klebe das Blut von Unschuldigen? Was ist mit denen, die vor meiner Zeit gelebt und ermordet wurden?* Unvermittelt sprang er auf, rückte seinen Schwertgurt zurecht und klopfte sich aufmunternd auf die Schenkel. „Weißt du, mein Freund, wir alle haben nur ein Leben. Es gibt kein zweites. Also machen wir das Beste daraus. Nimm, was dir zusteht, und denke nicht über das Morgen nach." Er sah Balatas kampfeslustig an.

„Rüste die Männer für den Kampf, schmiedet Schwerter, Lanzen, Schilde, Rüstungen. Reitet in die Dörfer und zwingt die Bauern für mich zu kämpfen. Ich brauche noch zweitausend Mann. Füll unsere Armee damit auf. Stell sie in zehn Tagen auf der Ebene hinter dem Engpass auf. Im Morgengrauen des elften Tages ziehen wir gegen Tauron."

KAPITEL VII

DAS KONZIL

Während Rogan eine Armee aufstellte, um gegen Cenotes ins Feld zu ziehen, beschäftigte sich zur selben Zeit Salina in Atragon wieder einmal ergebnislos mit dem Zeitkristall. Enttäuscht drehte und wendete sie die glitzernde Kugel in ihrer Hand. Sie wagte keinen zweiten Versuch. Die Kugel war eine mächtige Waffe, mit der man bei falscher Anwendung großes Unheil anrichten konnte. Schließlich gab es noch andere Mittel, um Kontakt zu den Teilnehmern des Konzils aufzunehmen und sie nach Atragon zu bitten. Missgestimmt drückte sie den Ausschub in die Kugel zurück, legte sie ins Regal und entschloss sich, den nötigen Kontakt im Ratssaal herzustellen.

Ihr Blick schweifte im weiten Gewölbe des Waffenarsenals umher, das bis unter die Decke mit Zeitkristallen,

Wurfschleiern, Brandpfeilen, Schutzpanzern, Schilden, Helmen, Energiekugeln und neuartigen Lanzen angefüllt war. Ein waffenstarrender Raum, der eine schwere Bürde war. Denn der Einsatz dieser geballten Macht bedeutete den Tod jedes Angreifers, wer immer das auch sein mochte. Salina wusste, dass dem Leben nicht mit einfacher Logik beizukommen und der Einsatz dieser Waffen hin und wieder nötig war. Sie wusste aber auch, dass das die letzte Option war, um das Gleichgewicht des Lebens aufrecht zu erhalten. Sie schloss hinter sich die Tür und ging nachdenklich zum Ratssaal, vorbei an lautloser Geschäftigkeit, reglosem Wachpersonal und leise schwirrenden Flügelschlägen emsiger Gehilfen. Sie war unruhig. Adinofis' zorniger Ausbruch in den Feldern Taurons irritierte sie. Einen derartigen Gefühlsausbruch hatte es bei ihrer Freundin noch nie gegeben. Und einen schlechteren Zeitpunkt konnte es dafür wohl kaum geben, schließlich galt es, ruhig und mit klarem Verstand einen Bruderkrieg zu verhindern. Seufzend versuchte sie die Gedanken an Adinofis aus ihrem Bewusstsein zu drängen, doch die ließen sie erst los, als sie nach endlosen Fluren hinter der massiven Eichenholztür des Ratssaales verschwand und mit starrem

Blick auf die vor dem Ratstisch stehende hüfthohe Säule mit der kristallenen Schale zusteuerte.

Einen Moment verharrte sie davor, um sich zu sammeln, dann schlug sie ihre mit bunten Blumen bestickte Robe zurück, schnallte das Zepter von ihrem Gürtel und hielt die Waffe in das Innere der Schale. Ein schriller Ton hallte durch den Saal und wurde als Echo vielfach von den Marmorwänden zurückgeworfen. Und während sie beschwörende Worte murmelte und den Namen Sol nannte, wuchs in der Schale eine winzige grell leuchtende Kugel, die mit jeder weiteren Minute an Größe zunahm, bis das Licht an Kraft verlor und in der Kugel das graue emotionslose Gesicht eines Elements sichtbar wurde.

„Sol hier!", hallte es in ihrem Kopf. „Was willst du?"

Salina zuckte zusammen. Sie war zwar auf das Element vorbereitet, hatte aber die stoisch-emotionslose Stimme dieser Weltengeister noch nie gehört. Anja hatte ihr einmal von einer Begegnung mit ihnen erzählt, aber es ist doch was anderes, den Kontakt selbst zu erleben, als nur davon zu hören. Der Respekt vor der Allmacht dieser Wesen war in ihr so übermächtig und unübersehbar, dass sie zu stammeln begann: „Es ist ... äh ... Adinofis bittet mich ..., hm, dich und die anderen Elemente ... zu einem Konzil nach Atragon, nichts weiter."

„Stimmt was nicht, Salina? Du scheinst nervös." Sol versuchte zu lächeln, doch mehr als ein gequältes Grinsen kam dabei nicht heraus, was Salina trotz ihrer Anspannung leicht amüsierte. Sie wusste, dass den Elementen ein Mienenspiel nicht gegeben war, ihren Körpern fehlten die nötigen Muskeln und Sehnen.

„Nein, es ist nur, ich bin etwas müde, vielleicht." Salina senkte verlegen den Blick. Am liebsten hätte sie sich mit der Hand den Mund verschlossen. Dabei hatte sie sich jeden Satz vorher zurechtgelegt, um dem Element gebührend zu antworten. Doch ihr Herz schlug bis zum Hals und ihre Hände waren schweißnass.

„Wann?" Sol warf ihr die Frage einfach so hin, als wollte er Salina die Angst nehmen. Nein! Sie hatte keine Angst vor Sol, auch nicht vor den anderen Elementen. Die Ehrfurcht ließ sie zittern, stammeln und alles vergessen, was sie sich an wohlgesetzten Worten ausgedacht hatte. Nichts als eine raue, trockene Kehle blieb davon übrig, ein flaues Gefühl in der Magengegend und das Bewusstsein, dem Element einen grauenvollen Auftritt hingelegt zu haben. Und das nur, um die Einladung von Adinofis zu übermitteln? Wie peinlich! Salina fuhr stöhnend durch ihr lockiges Haar und versuchte, sich zu beruhigen.

„In zwei Tagen. Es geht um ...“

„Ich weiß. Wir beobachten seit Wochen, was vorgeht“, warf Sol ruhig ein.

„Werdet ihr kommen?“

„Ja! Doch was Adinofis da vorhat, wird nicht gelingen. Das mit Rogan und Cenotes ist eine verfahrene Sache, ein Krieg wohl unvermeidbar.“

„Könnt ihr nicht helfen?“

„Dafür ist es zu spät. Veränderungen brauchen Zeit. Zeit, die Adinofis nicht hat. Ihr wird am Ende nur ein Weg bleiben. Und ob sie den gehen wird, ist fraglich.“ Sol verschwand plötzlich aus dem Blickfeld der Kugel. Es schien Salina, als würde er jedes weitere Wort darüber vermeiden wollen und hätte sich verabschiedet. Nach den bisherigen Ereignissen war das für die Fee zu viel. Nachdenklich setzte sie sich auf einen der Ratsstühle, während sich die Kugel allmählich trübte und kleiner werdend im Nichts verschwand: *Was meinte Sol mit „Weg“? Welchen Weg muss Adinofis am Ende gehen? Ist das nur Geschwätz? ...*

Nein, Geschwätz sicher nicht. Mit leerem Blick starrte sie auf die granitene Säule, in deren Schale schon so manches Schicksalhafte auf dieser Welt entschieden wurde und die nun so gleichmütig vor ihr stand, als wollte sie all die ungelösten Fragen für immer aufbewahren. Seufzend steckte sie ihr Haar zu einem Zopf, raffte ihre bodenlange weiße Robe und trat erneut vor die Säule um Anja und Meriste zum Konzil zu laden. Nach den Andeutungen von Sol fiel es ihr schwer, sich zu konzentrieren und dem Gespräch mit Anja zu folgen. Und so stand sie noch eine Weile nachdenklich nach einer Antwort suchend, als die Schale wieder leer und Anjas Bereitschaft, mit Meriste nach Atragon zu kommen, längst im Saal verklungen war.

Ankunft

Im Schutz der Transportkammer erreichten Anja und Meriste den Gipfel von Atragon. Es war ein bequemes Reisen, fand Anja. Sie erinnerte sich an ihren ersten Flug mit diesem seltsamen Gefährt – das, wäre es für einen Menschen sichtbar, nicht mehr als eine Scheibe mit durchsichtigen Schutzwänden und allerlei Annehmlichkeiten im Innern war, die sich mit hoher Geschwindigkeit lautlos über den endlosen Himmel bewegte. Sie stellte sich das erstaunte Gesicht dieses Menschen vor und schmunzelte, während die Kammer langsam durch den immerwährenden Nebel Atragons tiefer sank.

Die alte Meriste schob ein Holzstäbchen zwischen ihren braunen Zähnen hin und her und schien mit geschlossenen Augen vor sich hinzudösen. Anja suchte indes durch die rotierende Schutzwand die Umgebung ab, um aus luftiger Höhe noch schnell einen Eindruck von der schönen Anlage Atragons zu bekommen. Gewiss, sie kannte dort unten jedes Gebäude, jeden Weg, jeden Stein. Doch war es allemal interessanter, das gewaltige Areal in seinen ganzen Ausmaßen zu betrachten. Ihr Blick schweifte über die zahlreichen Gebäude und Spitztürme, über die nach dem ersten Krieg gegen Sartos errichteten tiefen Gräben, den mächtigen Mauern und Wehranlagen und den zehn Meter breiten und zwanzig Meter hohen Kuppelbau der Cella. Minuten später verschwand die Kammer an der Oberfläche des Plateaus in einem gewaltigen Schacht und sank zum Zentrum des Berges hinab. Sofort flutete helles Licht das Gefährt, während die nun langsam rotierende Wand zu einer festen Masse wurde. Sekunden später verankerte ein sanfter Ruck die Transportkammer im Berg und ein eisernes Tor öffnete sich leise brummend.

Salina begrüßte Anja und Meriste mit offenen Armen und erkundigte sich über den Flugverlauf. Anja berichtete von ihren Eindrücken und sie lachten beide, als zwei auszubildende Feen Flugscheiben brachten, auf denen die drei Platz nahmen, um sicher und bequem an die Oberfläche zu gelangen. Zwei Kriegerfeen mit Roben über dem Arm erwarteten sie dort am Eingang zur Cella. Anja half ihrer Mutter, die Schwebeplattform zu verlassen, während eine der Kriegerfeen auf sie zukam, sich freundlich lächelnd verbeugte und sie begrüßte. „Es ist mir eine Ehre, dich in Atragon zu begrüßen, Seherin. Wie war die Reise?"

„Ermüdend", knurrte Meriste missmutig und griff herrisch nach der Robe, die ihr die Kriegerin reichte. Wortlos streifte sich Meriste die Amtstracht über, während die Fee einen Schritt zurücktrat und Anja zur Begrüßung freundlich zunickte. Anja hatte die Szene lächelnd verfolgt. Sie kannte ihre Mutter gut genug, um zu wissen, dass ihr Ehrerbietungen zuwider waren: „Gehen wir, Mutter!"

Kaum hatte sich das Tor der Cella geöffnet, trat ihnen Adinofis entgegen. Wie Salina trug auch sie die Robe des

159

Konzils: ein weit ausladender und strahlend weißer Umhang mit breitem hochstehenden Kragen und goldfarbenen Besatz an den Rändern und am Saum. Ihr Gesicht, das von einer dichten Lockenpracht umrahmt war, strahlte vor Freude, während sie mit weit geöffneten Armen auf die Frauen zuging.

Die alte Meriste zögerte kurz beim Anblick dieser zarten Schönheit, dann zog ein warmes Lächeln über ihre Mundwinkel, als Adinofis Meristes Hand nahm und sie mit einem respektvollen Knicks begrüßte: „Willkommen, Seherin! Ich freue mich, dich wohlauf zu sehen. Sei unser Gast auf diesem Konzil und fühl dich wohl! Salina ..." Sie warf einen kurzen Blick zu ihrer Freundin. „... wird dich herumführen und dir die Annehmlichkeiten deines Zimmers zeigen."

„Verzichten wir auf die Besichtigung dieser zweifelsohne wundervollen Einrichtung", erwiderte Meriste mit glänzenden Augen. „Manchmal denke ich, Atragon besser zu kennen als mein eigenes Zuhause." Ein leises Kichern fuhr rasselnd aus ihrer Brust. Dann hakte sie sich bei Salina unter und sie verschwanden in der mit buntglasierten Steinen reich verzierten Vorhalle der Cella.

Inzwischen trat Adinofis neben Anja und umarmte sie, wie es nur Freundinnen tun, die sich lieben und schätzen gelernt haben: „Schön, dass du hier bist, Anja! Lass dich anschauen!" Adinofis trat zwei Schritte zurück und musterte Anja, die sich keck in Positur stellte.

Nichts an ihr hatte sich seit dem Abschied in ihrem Haus in Saragon verändert, sah man von einigen Falten mehr in ihrem Gesicht einmal ab. Fünf Jahre waren seitdem vergangen. Doch der warmherzige Blick ihrer dunklen Augen und die graziöse Haltung ihres schlanken Körpers waren geblieben. So stellte man sich die sachliche und überlegt vorgehende Frau eines treuen Ehemanns vor, aber keine Kämpferin für Recht und Ordnung. Auch trug sie das gleiche scharlachrote Kleid von damals, das bei jeder Bewegung ein lautes Rauschen abgab. Nur dass die Farbe verblichen und der Saum über die Jahre ausgefranst war.

„Entschuldige!", murmelte Adinofis verlegen. „Es gehört sich nicht, eine Freundin in der Öffentlichkeit so zu mustern, aber ich habe dich lange nicht gesehen." Adinofis räusperte sich und bat Anja, die sich aufmerksam umsah und mit ihren Gedanken längst bei jenem Tag war, an dem sie den Zeitschild über Atragon entfernt und die Formwandlung rückgängig gemacht hatte, in die Cella. Sie erinnerte sich, auf dem Weg zum Ratssaal das gleiche Tor und denselben Flur durchquert zu haben. Nichts hatte sich verändert: der gleiche löchrige Boden, die gleichen Risse in den Wänden, das verblichene Braun der schweren Holztüren und die Luft roch genauso streng modrig wie damals.

„Wie geht es Ensine?", fragte Adinofis nach einer stillen Weile und lenkte ihre Schritte in den Westflügel des Kuppelbaus, wo sich Anjas Zimmer befand.

Anja schreckte aus ihren Gedanken. Sie machte ein Gesicht, als hätte sie die Frage nur zur Hälfte verstanden und würde nun über die andere Hälfte nachdenken.

„Ensine, sagst du?" Anja lächelte.

„Ja!" Adinofis legte ihren Arm um Anjas Hüfte.

„Hm, Hesaret ist zurückgekommen. Er war fünf Jahre fort. Nun werde ich wohl bald Großmutter. Und du, was ist mit dir? Du siehst besorgt aus. Wegen Cenotes?"

„Nein ... und ja. Cenotes und sein Bruder Rogan befehden sich. Es könnte Krieg geben. Die Dinge scheinen unumkehrbar. Aber dazu mehr heute Abend."

Anja nickte und kniff von Unruhe erfasst den Mund zusammen: Krieg? Gewiss, das Banditenheer um Rogan war ihr bekannt, Hesaret hatte davon berichtet. Doch sie hatte angenommen, dass die Streitigkeiten zwischen ihm und Cenotes sich wieder legen würden. Dass ein Krieg bevorstehen würde, wer konnte das ahnen? Würde Hesaret angesichts dessen in Saragon bleiben oder mit Ensine nach Tauron aufbrechen? Gesagt hatte er nichts.

Beim Betreten ihres Zimmers konnte Anja ihre Erregung kaum noch unterdrücken. Ihre Brust wogte heftig. Ihr Blick irrte durch den Raum. Was sollte sie tun? Atragon verlassen und nach ihrer Tochter sehen? Gegen die Tür gelehnt rutschte sie langsam zu Boden. Hatten wir nicht genug Schlachten, Tote, Verstümmelte, ausgelöschte Familien, zerstörte Dörfer und Städte? Nach Sartos sollte alles besser werden, und nun? Sie stand auf, legte sich aufs Bett, verschränkte die Arme unter dem Kopf und schloss müde die Augen, während Tränen unter ihren Augenlidern hervorquollen und in der Farblosigkeit ihrer Wangen dunkle Spuren hinterließen.

Ein schwerer Gongschlag flutete durch die Flure und Räume der Cella. Anja schreckte aus dem Schlaf. Gähnend schlug sie die Decke zurück, rieb sich die Augen und setzte sich noch eine Weile dösend auf die Bettkante. Es war früher Abend. Dämmerlicht fiel durch das offene Fenster und warf gespenstische Schatten an die Wand gegenüber.

Wieder hallte ein dumpfer Gongschlag.

Anja lauschte dem schweren Klang. Man rief zum Konzil. Eine Zeremonie, die sie vor Jahren in den Archiven Atragons nachgelesen hatte. Zweimal wurde in Atragon bereits ein Konzil abgehalten, daran konnte sie sich erinnern. Die Anlässe waren allerdings längst aus ihrem Gedächtnis verschwunden.

Jemand müsste jetzt mit Anweisungen kommen, überlegte sie. *Wo sie nur bleiben? Noch ein Gongschlag und Adinofis würde das Konzil eröffnen. Und ich, ich habe mich noch nicht einmal zurechtgemacht.* Seufzend strich sie sich durch das Haar, als die Tür aufging und zwei Feen in weinroten Umhängen lächelnd das Zimmer betraten. Leichtfüßig, fast schwebend näherten sie sich Anja, während sie den Blick respektvoll gesenkt hielten. Sie seien dienende Feen, erklärte eine von ihnen, die noch in der Ausbildung wären und nun den Auftrag hätten, sich den Teilnehmern des Konzils zu widmen, insbesondere der Tochter der alten Seherin.

„Eure Fürsorge ehrt mich", entgegnete Anja und berührte mit den Fingerspitzen sanft das Kinn der ihr am
nächsten stehenden Fee. „Doch müsst ihr nicht den Blick
vor mir gesenkt halten. Lasst mich in eure Augen schauen,
dann können wir gemeinsam beratschlagen, wie ich noch
vor dem letzten Gong ins Konzil komme."

Fast gleichzeitig strahlten ihr die Gesichter der Feen
entgegen, die von einer zarten Schönheit waren und so zer-
brechlich wirkten, dass man glaubte, sie vor jedem Luft-
zug schützen zu müssen. Ihre tiefschwarzen Augen erin-
nerten Anja an den scheuen Blick eines Rehkitzes, das unentwegt nach dem Schutz der Mutter Ausschau hält, um
auf jedes fremde Geräusch sofort mit Flucht zu reagieren.

Anja strich ihnen sanft über die Wangen und flüsterte:
„Nun lasst uns eilen, damit ich bereit bin, wenn das Konzil
beginnt!"

„Dafür ist noch genug Zeit", entgegnete eine der Feen,
schob sich behutsam an Anja vorbei und begann das Bett
zu richten, während sich die zweite damit beschäftigte,
eine Schüssel mit Wasser zu füllen und eine weiße Amts-
robe herzurichten. Alles geschah so rasch und exakt koor-
diniert, dass Anja plötzlich allein inmitten des Zimmers

stand, während die fleißigen Hände der beiden dienenden Feen sie umsorgten.

„Dann bleibt mir ja nichts weiter zu tun, als ...“

„Du hast Hunger?“, tönte die helle Stimme der Fee hinter dem Bett hervor.

„Ja, irgendwie schon.“ Anja strich sich unschlüssig über den Bauch. Die Fee unterbrach ihre Arbeit, eilte nach draußen und kam nach wenigen Minuten mit einem Schwebetablett zurück, das mit erlesenen Speisen und verschiedenen Karaffen mit Wein, Wasser und Obstsäften gefüllt war.

Anja setzte sich in einen der zwei Sessel, die neben dem Bett standen, und machte sich über das Essen her, während die Feen ihre Arbeit beendeten und dann lautlos nach draußen verschwanden. Eine Stunde später holte eine der beiden Anja ab und führte sie in den Ratssaal.

Als die schwere Eichentür geöffnet wurde, bot sich Anja ein atemberaubender Anblick. Nichts ähnelte mehr jenem Saal, den sie seit vielen Jahren so eindringlich in Erinnerung hatte: Das Rund des Saals besaß Wände aus feinsten Marmortafeln mit schwarzer Bemalung auf weißem Untergrund. Mittig waren üppig verzierte Friesenbänder angebracht, darüber hingen die goldumrahmten Bilder der fünf Ratsmitglieder. Offene und gebundene Pflanzen- und Blumenarrangements schmückten den Saal und zahlreiche von blauen Schilden abgedeckte Metallkonstruktionen, hinter denen brennende Fackeln den Saal beleuchteten, sorgten für helles und zugleich warmes Licht. Die hohe Gewölbedecke war mit Malereien aus der Geschichte Atragons und kunstvollen Ornamenten reich verziert und wurde von acht imposanten Säulen aus weißem Granit getragen. In deren Mitte stand ein aus massivem Eichenholz gefertigter hufeisenförmiger Konferenztisch, dessen Enden mit hochwachsenden Farnpflanzen gekrönt waren. Zahlreiche Sitz- und Liegemöglichkeiten waren mit Gästen und Teilnehmern belegt, die ungezwungen plauderten, Erfrischungen zu sich nahmen oder neue Kontakte knüpften. Nichts war dem Zufall überlassen worden. Für alles wurde gesorgt.

Während Anja die aufwendige Ausstattung des Raumes bestaunte, trat eine dienende Fee an sie heran: „Darf ich dich zu deinem Platz geleiten, Seherin?", fragte sie frcundlich lächelnd und zeigte mit einer sanften Kopfbewegung zwischen die hohen Säulen. Noch ganz vom

Glanz des Saales gefangen, nickte Anja und folgte der Fee zum Ratstisch. Beim Näherkommen sah sie ihre Mutter Meriste, die mit Terris in ein Gespräch vertieft war. Das Element der Erde warf Anja einen flüchtigen Blick zu und machte Meriste auf ihre Tochter aufmerksam, woraufhin das Gespräch endete und sich Terris entfernte.

Anja zupfte am Ärmel der Fee. „Warte, bitte!", sagte sie und verschwand hinter einer großblättrigen Pflanze. Sekunden später tauchte sie mit ihrer Mutter an der Seite wieder auf. Die Fee nutzte die Gelegenheit, auch der alten Meriste ihren Platz zu zeigen. Sie tat das mit viel Freundlichkeit und vergaß auch nicht, sich nach dem Befinden der alten Seherin zu erkundigen und nach ihren Wünschen zu fragen. Doch Meriste winkte nur ab und krächzte leise: „Aufmerksamkeiten hatte ich heute schon genug, die sollen endlich anfangen. Ich bin müde."

„Mutter!", flüsterte Anja mahnend und warf der Fee, während diese sich gemessenen Schrittes entfernte, einen dankbaren Blick zu. „Bitte reiß dich zusammen, wir sind Teilnehmer eines Konzils."

„Na und wenn schon! Vergebene Mühe." Meriste verstummte, als Krygon und Salina am Ratstisch eintrafen und sich neben Anja setzten, die ihnen freundlich lächelnd zunickte.

„Warum so zurückhaltend?", fragte Krygon.

Anja wies mit der Hand durch den Raum. „Alles neu, sehr beeindruckend. Die Atmosphäre ist so gedämpft und feierlich. Daran muss man sich erst gewöhnen."

„Ja!" Krygon nickte zustimmend „Wie geht es Ensine, bist du schon Großmutter?"

„Ich hoffe bald. Hesaret ist wieder zu Hause. Er war lange fort, auf der Suche nach seinem Vater."

„Hesaret war ein Krieger, wie sein Vater. Die Zeiten sind schlimm. Deswegen sind wir hier." Er wandte sich Salina zu, während nach und nach die Elemente und die übrigen Ratsmitglieder am Ratstisch Platz nahmen.

Da ertönte der dritte Gongschlag. Anja zuckte zusammen, warf noch einen prüfenden Blick zu ihrer Mutter, die sich gerade ein Holzstäbchen zwischen ihre gelb-braunen Zähne schob und schmatzend darauf herumkaute, als Adinofis in Begleitung zweier Ordonanz-Feen den Saal betrat.

Stolz und majestätisch war ihr Gang. Das Haar gelockt bis zur Hüfte. Ein sanftes Lächeln zierte ihre vollen Lippen und an der Stirn prangte ein silbernes Diadem. Ihre Robe, über der sie einen azurblauen bodenlangen Umhang mit Kopfbedeckung trug, strahlte im satten Gelb der Sonne und ein blauer Gürtel mit Rubinen-Besatz zierte ihre Hüfte.

Adinofis wirkte angespannt. Aufmerksam schweiften ihre Blicke zwischen den Teilnehmern hin und her, während sie von ihrer Begleitung zum Thron der Hohenpriostine geführt wurde, der zwischen den beiden Enden des Konferenztisches stand und so eine vermittelnde Funktion symbolisierte.

„Wir sollten beginnen", sagte Adinofis ohne Umschweife und nahm Platz. Auf ihr Zeichen streckte eine Ordonanz-Fee ihr Zepter gegen das Säulenrund und augenblicklich füllten sich die Zwischenräume mit einem zarten, flirrenden Schleier.

„Man kann durchsehen, aber nichts hören", flüsterte Krygon zu Anja gebeugt. „Ein Konzil ist eben was Besonderes, da muss man ungestört reden können."

„Und zuhören." Anja lächelte und legte den Finger auf ihre Lippen. Ein betretener Blick in die Runde der anwesenden Teilnehmer am Tisch und ein leichtes Schulterzucken waren Krygons Antwort.

Adinofis Stimme tönte indes im Säulenrund: „Solange der Mensch nicht Frieden macht mit sich selbst, wird er ihn anderswo nicht finden. Eine Wahrheit, der wir uns heute stellen müssen, die jedem einleuchten sollte, selbst dem Unwissenden, dem Zaghaften oder dem Hoffnungslosen. Doch unter den Menschen ist keine Erleuchtung festzustellen. Kaum, dass Sartos besiegt wurde, fallen sie übereinander her. Sie rauben, morden, plündern, vergewaltigen und lassen ihre Kinder hungern. Anstatt sich ihrer guten Seiten zu besinnen und diese Gewaltorgien zu beenden, rüsten sie erneut zum Krieg. War das unser Ziel? Haben wir dem Herrscher der inneren Welt dafür die Stirn geboten?"

Drückendes Schweigen hing in der Luft.

Die Elemente sind schuld, dachte Isonde betrübt. *Sie haben den Menschen Verstand gegeben – scharfe Krallen in anderem Gewand. Das hat sie gierig und aggressiv gemacht.* Sie blickte auf und murmelte, mehr zu sich selbst: „Die Menschen werden sich selbst vernichten und uns, die Hüter allen Lebens, überflüssig machen, da bin ich mir sicher." Krygon stupste sie an und ermahnte sie, ihre Worte vorher zu bedenken und sie nicht leichtfertig zu äußern.

„Ja, Salina, die Gefahr besteht", entgegnete Adinofis bestimmt. „Stirbt das Leben, sterben auch wir. Einige Zahlen dazu. – Salina? Bitte!"

Salina holte tief Luft, zog eine Schriftrolle unter der Robe hervor und begann den Inhalt frei wiederzugeben: „In den Schlachten gegen Sartos und seine Wächter, es waren drei, haben wir laut dem neusten Jahrtausendbericht 295.000 Feen, Engel, Waldfaunen, Seher und Menschen verloren. Hinzu kommen noch Zehntausende, die von Sartos' Wächtern in Trong gefoltert, geschlachtet oder in die Eiskammern verbracht wurden, die noch immer in Massengräbern liegen und verfaulen, die vermisst werden oder zu Tausenden in fliegende Sammler verwandelt wurden."

Im Konzil wurde es totenstill.

„Und heute?", fragte Krygon leise. „Was ist heute? Die Milchbärte glauben, unsterblich zu sein, überfallen Dörfer, rauben den Bauern ihre Töchter, ihre Frauen, ihr Hab und Gut und zwingen die Halbwüchsigen in ihre Reihen. Habt ihr ihnen dafür Verstand gegeben, Sol?"

Das Element des Lichts streckte ihm abwehrend die Handfläche entgegen. „Warte, nicht so schnell mit deinen Schuldzuweisungen. Es wird immer Starke und Schwache geben. Das Gesetz des Lebens, also der Fähigkeit der Anpassung, der Fortpflanzung und Weiterentwicklung wohnt in jeder Pflanze und jedem Leben."

„Darum geht es nicht!" Krygon winkte missmutig ab und nahm wieder Platz. „Ihr Elemente habt den Menschen etwas gegeben, das Begierden weckt, Missgunst, Aggressionen und das die Erde zu dem gemacht hat, was sie heute ist: ein nahezu unbewohnbarer Klumpen Dreck."

Sol wirkte verstört, man diskutierte plötzlich laut am Tisch – stehend und sitzend und versuchte, sich gegenseitig zu übertönen. Da drang Sols Stimme dumpf dröhnend durch den Saal. „Ich will was zu Krygons Vorwurf sagen."

Allmählich trat Ruhe ein, man wollte hören, was das Element des Lichts zu sagen hatte: „Zu Beginn allen Seins erschufen wir eine Welt, die im ewigen Gleichmaß der Gegensätze schwang – Gegensätze wie Gut und Böse, Angst und Mut, Geburt und Tod, Tag und Nacht. Alles war ausgewogen und fühlte sich gut an. In unserem Überschwang erschufen wir dann eine untote Kreatur und ließen sie auf unsere neue Schöpfung los, den Menschen. Doch die war nicht vollkommen, der Kreatur nicht gewachsen. Ein Ungleichgewicht, das es zu beseitigen galt. Also gaben wir den Menschen Verstand. Damit konnte die Kreatur zwar besiegt werden, aber das Ungleichgewicht besteht weiter, was wir nicht voraussahen. Der Mensch obsiegt über die Natur, also auch über sich selbst. Irgendwann wird es ihn nicht mehr geben. Was wird dann aus euch, den Hütern der Menschen, der Tier- und Pflanzenwelt, des Lebens?"

„Wir alle werden sterben", flüsterte Anja. „Auch die Bewohner von Atragon. So einfach ist das."

Meriste stieß ihrer Tochter in die Rippen und sah sie ernst an. „Wirst du wohl still sein!", krächzte sie. „Hör lieber zu!"

„Warum, Mutter?", zischte sie zurück. „Es wird Krieg geben. Tauron ist in Gefahr, womöglich auch Ensine und Hesaret und hier wird über Schuldfragen gestritten?" Anja wandte sich an Adinofis: „Wie sieht dein Plan aus, Hohepriostine. Kann der Krieg verhindert werden?"

„Nein, Anja!" Adinofis erhob sich, legte die Hände auf den Rücken und ging im Halbkreis des gebogenen Ratstisches langsam hin und her. „Dafür ist es zu spät. Rogans Heer marschiert seit heute Mittag. Mein Vorschlag, sich die Macht mit Cenotes zu teilen, war für ihn so interessant wie für einen Fisch die heiße Bratpfanne."

Der Vergleich amüsierte einige. Sie tuschelten angeregt, während sich Adinofis mit den Händen nachdenklich ins Haar griff und verzweifelt ihren Kopf zu reiben begann. Nach einer schweigsamen Weile sah sie Anja an und sagte: „Rogan will Macht, Anja. Und er will Krieg, er ist versessen darauf. Ein sofortiges Eingreifen wäre möglich. Man könnte mit dem Kristall die Zeit anhalten, die verfeindeten Heere in weit voneinander entfernte Regionen versetzen oder gewaltige Barrieren zwischen ihnen auftürmen. Damit ist aber das Problem nicht vom Tisch. Morgen würden sie wieder übereinander herfallen. Wir brauchen eine Lösung für alle Zeiten."

Da begriff Anja, dass es Adinofis nicht darum ging, den Bruderkrieg zu verhindern. *Denn wenn sie ein Blutbad anrichten würden, wären sie nicht anders als die Menschen. Adinofis hatte den Traum einer vollkommenen Menschengesellschaft. Ein Traum mit Blut besudelt, wäre moralisch nicht zu vertreten. Gegen einen äußeren Feind wie Sartos war das kein Problem – anders jedoch, wenn sich die Feindseligkeiten innerhalb der Menschen abspielten. Das hätte bedeutet, in das Gleichgewicht des Lebens einzugreifen, gegen die Gesetze des Hohen Rates zu verstoßen und sich selbst als unfähig zu erweisen, die Geschicke der Menschen zu lenken. Nein, die Feen von Atragon sind die Hüter des Lebens und die Aufgabe des Konzils besteht darin, den Menschen ein Überleben zu sichern, ohne in die Ordnung des Lebens einzugreifen. Welch ein Dilemma.*

Anja räusperte sich, sah aufmerksam in die Runde und wartete darauf, dass das Gemurmel der Anwesenden abebbte. Als es so weit war, stand sie auf und sagte: „Ihr sucht also einen Weg, die Menschen so zu ändern, dass sie von Krieg und Aggression ablassen und stattdessen nach Weisheit und Harmonie streben?"

Zustimmendes Gemurmel erfüllte den Raum. Selbst Adinofis, die zu ihrem Thron zurückgekehrt und im Begriff war sich zu setzen, hielt inne und wandte sich mit einem erstaunten Lächeln Anja zu. Nur die Elemente schüttelten fortwährend den Kopf, was Anja ein wenig irritierte. Sie geriet ins Stocken und verlor den Faden.

„Würden die Menschen ewig leben, ich meine dauerhaft, für immer, also unsterblich sein ..." Anja griff sich an die Stirn und seufzte. Sie spürte Hitze in sich aufsteigen und gab Meristes energischem Ziehen an ihrem Ärmel schließlich mehr und mehr nach.

Adinofis bemerkte Anjas Unsicherheit und kam ihr zu Hilfe: „Unsterblichkeit? Hm! Ein Gedanke, über den Sol etwas sagen sollte. Vielleicht kommen wir darüber zu einer Lösung, die unser aller Überleben sichert."

Sol nickte Adinofis zu und erhob sich von seinem Platz: „Unsterblichkeit? Wer wünschte sich das nicht. Doch überlegen wir mal realistisch. Wie lange würde es wohl dauern, bis der Mensch für Platzmangel sorgt und andere Lebensformen verdrängt, bis die Ernten nicht mehr ausreichen, um alle zu ernähren, und das Trinkwasser knapp wird. Nein, der Tod ist für das Leben so wichtig wie die Luft zum Atmen."

Sol senkte den Blick. Er schien nachzudenken, was bei dem stoischen Ausdruck in seinem Gesicht für die Anwesenden nicht klar zu erkennen war. Nach einer Weile fuhr er fort: „Ihr müsst viel weiter denken. Das Leben ist Kampf, wohin man auch blickt. Vergesst nicht, der Mensch ist ein Tier – nur dass dieses Tier denken kann, auf zwei Beinen geht, sich seiner Existenz bewusst ist und diese gestaltet. Gewiss, sein Verstand macht ihn zu einer reißenden Bestie, aber dieser Verstand ist auch die einzige Waffe, die er im täglichen Überlebenskampf besitzt. Dass er sich und andere damit verletzen kann, ist bedauerlich, aber nicht zu ändern."

„Ha, 'sich und andere verletzen'!", echote Meriste heiser. Niemand hatte bemerkt, wie sie mit der Krücke nahezu lautlos hinter ihren Stuhl getreten war. Der Körper der alten Seherin schwankte mit jedem Schritt, als sie auf Sol zuging und mit dem Finger auf ihn zeigte: „Der Mensch ist doch dein Werk, Sol. Und das deiner Brüder. Ihr wolltet euch beweisen, habt mit euren Fähigkeiten gespielt wie kleine Kinder. Und dass er 'sich und andere verletzen kann, ist bedauerlich', sagst du, 'nicht zu ändern', sagst du? Du Heuchler. Es ist Mord. Nichts anderes als das."

Hinter Salinas Stuhl verschnaufte sie einen Moment, stützte sich mit der Linken gegen die hohe Lehne und schwang mit der Rechten drohend ihre Stütze. „Für ein Stück Gold auf dem Kopf ist Rogan bereit, seinen Bruder zu erschlagen. Andere töten für weniger oder weil es ihnen Vergnügen bereitet. Was für ein nettes, kleines Ding ist doch der Verstand des Menschen. Wo war dein Verstand, als du sie erschaffen hast?" Langsam schlurfte sie um Sol herum, während alle Blicke auf sie gerichtet waren, und stellte sich neben ihn.

„Setz dich, Sol, damit ich dich besser sehen kann!", tönte sie hart durch den Raum, in dem es ansonsten so still war, dass man den Flügelschlag eines Schmetterlings wie ein Gewitter wahrgenommen hätte. Jeder hier kannte die scharfe Zunge der alten Seherin und ihren überragenden Verstand, und man wagte es nicht, ihr ins Wort zu fallen.

Sol sah zu Meriste auf. Er hockte so reglos da, dass nicht mal sein Atem die Robe über seiner Brust hob. Mit scharfen Augen näherte sich ihm die alte Seherin: „Gib zu, dass ihr einen Fehler gemacht habt. Die Feen sollten ihn beheben. Sie sollten Sartos – eine weitere Folge eures kindlichen Kräftemessens – töten, die Ordnung des Lebens wieder herstellen und die Menschen auf den rechten Weg bringen. Ist das nicht etwas naiv gedacht? Und wie lange, glaubst du, wären sie diesen Weg gegangen?"

„Nichts ist vollkommen", entgegnete Sol so rasch, als hätte er nur auf diese Frage gewartet.

„Du sollst es zugeben, verdammt, nicht rechtfertigen!", schrie Meriste und senkte ihre Stimme sogleich wieder in die Stille des Säulenrunds. „Und wenn du einmal dabei bist, benenne auch die letzte endgültige Wahrheit."

Sol starrte vor sich hin, als Aeras das Wort ergriff.

„Gut! Sprechen wir aus, was viele von euch längst ahnen. Es gibt keine Rettung auf dem Weg des Menschen in den Untergang. Sein Verstand ist fehlerhaft. Wir ahnten es bereits zu dem Zeitpunkt, als er zum ersten Mal die Steppe in Brand setzte, um mehr Beute zu erlegen als er brauchte. Und als er später begann, Besitztümer zu raffen und diese mit Gewalt verteidigte, da war uns klar, dass er nicht zögern würde, seinen Verstand auch gegen seine Art einzusetzen. Ja, wir werden uns seiner entledigen. Und wir tun das so, wie wir es mit anderen Lebensformen auch getan haben."

Im Saal herrschte plötzlich eine ohrenbetäubende Stille. Was die Teilnehmer soeben vernommen hatten, zerstampfte jeden Gedanken an eine Zukunft für Menschen und Feen gleichermaßen. Krygon verschlug es den Atem, er wusste nicht, ob er etwas erwidern oder das Konzil verlassen sollte. Salina hielt die Hände vors Gesicht und stöhnte unentwegt. Anja saß bleich vor Entsetzen auf ihrem Platz und verfolgte jede Bewegung ihrer Mutter, die sich gelassen ein neues Holzstäbchen zwischen die Zähne schob, langsam um den Ratstisch herumschlurfte und neben ihrer Tochter wieder Platz nahm.

Die Erste, die zu sich fand, war Adinofis. Sie saß zusammengesunken in ihrem Stuhl, das Kinn nachdenklich in die Hand gestützt und runzelte die Stirn.

„Das ist schwer zu glauben, Aeras", sagte sie ruhig und mit bitterer Stimme. „Jahrtausende tragt ihr dieses Wissen mit euch herum, ohne dass wir davon erfahren. Gewiss, ihr entscheidet, welche Lebensform die Erde bevölkert und welche nicht. Und wir, die Hüter des Lebens, haben uns dem zu fügen. So ist es seit Anbeginn der Zeit. Doch ich frage euch: Sol, Aeras, Terris, Idro und Ferra – ihr, die ihr so mächtig und gewaltig seid wie die Ewigkeit, die den Anfang und das Ende überdauert: Hattet ihr jemals vor, die Menschen zu retten?"

Für einen kurzen Moment waren alle Augen auf die Elemente gerichtet, dann brandete lautes Stimmengewirr gegen den magischen Vorhang zwischen den Säulen. Jeder wollte eine Antwort von den Elementen und fand sich dazu im Recht. Und als Sol unvermittelt aufstand und zu sprechen begann, erschlug die Stille jeden Lärm.

„Wie kleingeistig ihr doch seid. Fangt endlich an, über den Rand der Ereignisse hinauszusehen! Wollten wir die Menschheit retten, dann würden wir sie gegenüber anderen Lebensformen bevorzugen. Nein, retten kann sich der Mensch nur selbst und es ist deine Aufgabe, Adinofis, ihm den Weg zu zeigen. Ihr seid die Hüter des Lebens und die Bewahrer der Ordnung. Dazu haben wir euch berufen."

Adinofis beugte sich interessiert vor und sah Sol mit weiten Augen an. „Welchen Weg meinst du, Sol? Sprich nicht in Rätseln, dafür ist keine Zeit!"

„Berühre die Herzen der Menschen und du gewinnst ihren Verstand. – Das ist der Weg und das Ziel!"

Die Sonne stand tief über dem fernen Rand der Erde als Adinofis die Teilnehmer des Konzils dankend verabschiedete und sich müde in ihre Kammer begab. Das Ergebnis der Beratung war für sie nicht zufriedenstellend. Gewiss, man hatte sich über den Bruderkrieg und zu grundsätzlichen Aspekten der menschlichen Entwicklung ausgetauscht, doch eine Lösung hatte man nicht gefunden. Wieder mal blieb alles bei Adinofis hängen.

Nun gut, dachte sie enttäuscht und öffnete seufzend die Tür zu ihrer Schlafkammer, *vor dem Morgengrauen werden Cenotes und Rogan nicht aufeinandertreffen. Da bleibt genug Zeit, über Sols Weg nachzudenken.* Müde warf sie ihre Robe aufs Bett, stieß die Tür ins Schloss und öffnete ihren Nachtschrank, in dem sie immer eine Flasche Perlsaft stehen hatte.

Noch lange saß sie über die Flasche gebeugt und dachte über Sols Worte nach, über Cenotes und ihre Gefühle zu ihm, den Besuch in Rogans Unterschlupf, das Treffen mit ihrer Mutter und darüber, wie man die Herzen der Menschen berühren konnte, um sie zu retten. Sie saß noch, als der Mond durch die Fenster schien und sein fahles Licht im Raum verbreitete.

KAPITEL VIII

AUFMARSCH DER HEERE

Am selben Abend traf Rogans Heer auf der weiten Ebene
vor Tauron ein. Befehle dröhnten dumpf und wurden vom
Wind in jeden Winkel des Feldlagers getragen. Dutzende
Feuer erhellten das Dunkel, Rüstungen und Helme blitzten
im Schein des wabernden Lichts ebenso wie Schwerter,
Schilde und Lanzen, die neben jedem Mannschaftszelt an
Pflöcken gelehnt, gehängt oder festgebunden aufbewahrt
wurden. Dazwischen folgten die Männer den Befehlen ihrer Kommandeure, gruben Schutzwälle, errichteten Palisa-
den, bauten Straßen und Wege, Stallungen, Verbandsstel-
len, Werkstätten, Pferdekoppeln und Zelte für Soldaten,
Kommandeure, Huren und Bedien- und Küchenpersonal.
Sie schoben Fuhrwerke heran, auf denen Wein- und Bier-
fässer, Obst, Gemüse, Brotkörbe und halbe Schweine la-

gen. Sie reinigten ihre Waffen oder grölten an der Feuerstelle im Dunst von Wein und Spiel dreckige Lieder. Frauen flickten das lederne Rüstzeug der Soldaten und Huren waren ihnen zu jeder Stunde der Nacht gefällig. Es gab kaum einen, der vor dem Angriff schlief. Sie alle wollten vor dem Tod nochmal leben.

Rogan lenkte indes sein Pferd hinter das Lager auf eine mit dürrem Gras bewachsene Bodenerhebung. Hoch aufragend saß er im Sattel und sah mit ausdrucksloser Miene über das Feldlager hinweg auf die Stadt, während der Wind sein langes Haar zerzauste. Fahles Licht, von abgedeckten Fackeln abgestrahlt, flackerte ab und an zwischen den Schießscharten, wenn Männer ihren Befehlen folgend daran vorbeischlichen. Rogan wusste, dort drüben wurde jeder Lärm vermieden, um den Feind über mögliche Abwehrmaßnahmen im Unklaren zu lassen. Rufe, lautes Arbeiten und hektische Betriebsamkeit verrieten unter Umständen die Art der Abwehr und konnten so jede Überraschung ins Leere laufen lassen.

So mancher Kämpfer aus Tauron kroch aus dem Schatten der Mauer und floh. Sie würden seinen Leuten bald in die Hände fallen und entweder sterben oder unter Balatas'

Kommando kämpfen. *Es gibt immer einen, der sich ihrer annimmt – selbst der Tod,* dachte Rogan und ließ seinen Blick noch einmal über die Mauern der Stadt schweifen, die von den Schlachten der letzten Jahre arg beschädigt war – keine stabile Zugbrücke, herausgebrochene Steinblöcke, Zinnen und Schießscharten ohne ausreichende Deckung, selbst die Tore würden beim ersten Ansturm fallen. Nein, die Stadt zu erobern wäre ein Leichtes. Cenotes muss fallen bei Tag, im Angesicht der Heere, wenn alle es sehen. Er schlug sich von Kraft beseelt gegen die Brust, schloss die Augen und sog die kühle Abendluft tief in seine Lungen. Da raschelte es hinter ihm im Gras. Abrupt drehte er sich um und sah einen schlanken Jungen auf sich zukommen, mit einem Zweig in der Hand.

„Kommst du aus dem Lager?"

Der Junge nickte, und als er neben ihm stand, strich er mit der Hand über die Flanke von Rogans Pferd, die warm war und zitterte.

„Kannst du gut mit Pferden?", fragte Rogan.

„Ich hüte die deinen, dort unten", antwortete der Junge ohne Angst und zeigte ins Lager, in dem es lärmte und tobte, um der Angst vor dem Tod ein Ausweg zu geben.

„Na, dann wirst du ja bald nichts mehr zu tun haben. Wir ziehen im Morgengrauen in die Schlacht. Diese Stadt dort wird fallen und viele Pferde werden auf dem Schlachtfeld liegen, mit gebrochenen Beinen, aufgeschlitzten Bäuchen und Hälsen und ihre Reiter werden sie betrauern – so sie noch können und nicht selbst an ihrem Blut erstickten."

„Und warum tut ihr das? Jeder will doch leben."

Rogan sah nachdenklich auf ihn herab. Der Junge gefiel ihm. Er war mutig genug, ihn anzusprechen und er dachte nach, stellte Fragen und gab sich mit einfachen Antworten nicht zufrieden. *Selbstsicher bis dort hinaus.*

Die warme Empfindung schreckte ihn nicht. Sie war nach seinem Geschmack, und so einen Jungen wünschte er sich im Stillen: eine Frau, einen Sohn, eine Familie. Aber da war auch die andere Seite des Lebens, die Verlockung der Macht, der Reichtum, Anerkennung und Einfluss. Rogan seufzte tief: „Das Leben ist Kampf, mein Junge. Das ist so und wird immer so sein."

„Und was machen die Menschen, wenn nichts mehr da ist, wofür zu kämpfen es sich lohnt?"

„Wie alt bist du?", wollte Rogan wissen.

„Fünfzehn."

Rogan lächelte, zog sein Schwert aus dem Sattelschaft und reichte es dem Jungen: „Hier nimm, damit du etwas hast, falls dieser Zeitpunkt einmal kommen sollte. Und wenn er kommt, dann denk an die heutige Nacht und das Schwert, das ich dir gab. Nutze es!"

Mit strahlenden Augen nahm der Junge das Schwert am Knauf und führte es mit sanften Bewegungen durch die Luft. „Ich muss zu meinen Pferden", flüsterte er dabei, drehte sich um und ging so lautlos davon wie er gekommen war, immer den Blick auf den tödlichen Glanz der Waffe gerichtet.

Rogan sah ihm nach. Genugtuung breitete sich in ihm aus. Wäre das sein Sohn, es hätte ihn mit Stolz erfüllt. So hat er einen fremden Knaben zu einem Krieger gemacht. Ein Gefühl, das seinen eingeschlagenen Weg der Gewalt zu bestätigen schien. Er war ein Handlanger des Todes, das war ihm klar. Er wusste aber auch, das es zu spät war, einen anderen Weg zu beschreiten, denn die Toten standen längst bereit, ihn in ihren Reihen aufzunehmen.

Als der Morgen graute trat Rogan aufgesattelt vor sein Heer. Die Signalhörner schmetterten und kündeten vom Willen des Heerführers, zu den Männern zu sprechen. Mit wildem Blick sah er auf die gepanzerte Schar von Zehntausend Mann. Eine kompakte Masse, die gleich einem Schwarm Heuschrecken alles unter sich begraben sollte.

Erhaben saß er im Sattel und starrte auf sie herab, und nachdem der Ruf der Hörner verstummte, war es so still im weiten Rund dieser gestaltlosen Masse, dass man das Zirpen der Grillen noch aus weiter Ferne hören konnte.

Als Rogan dann den Arm erhob und sein Schwert im Schein der Morgensonne aufblitzend in den Himmel streckte, ging ein dumpfes Raunen durch die Menge, das langsam anschwoll und sich schließlich tosend über die weite Ebene schwang. Dann senkte er sein Schwert und der Lärm verging im sanften Ton des Windes, der von Süden kommend Staub aufwirbelte.

„Ihr wollt Beute und Weiber", schrie Rogan donnernd, „und den Boden tief in Blut getränkt? Dann seht auf diese Stadt. Tauron für euch, die Krone für mich!" Rohes Gebrüll war die Antwort und das Schlagen der Schilde mit dem Schwert, das gleich einem Donnergrollen gegen Taurons Männer brandete, die inzwischen vor den Toren der Stadt Aufstellung bezogen hatten und mit ebenso tosenden Schlachtrufen dem Sieg und ihrem Herrn huldigten.

Rogan sah das und entschloss sich anzugreifen, noch bevor Cenotes sein Heer unüberwindlich wie eine Mauer noch näher in Position bringen würde. Mit einem kurzem Tritt schlug er seinem schweren Schlachtross die Sporen in die Flanken, dass es wiehernd aufstieg und er mit einem langgezogenem Schrei zum Angriff rief.

Langsam rollten die Streitwagen der Hauptleute auf Tauron zu, die Lanzenträger folgten, dann die Schwertkämpfer, die gepanzerte Reiterschar an den Flanken und am Ende des Heeres die Bogenschützen. Der Wind hatte sich fast gelegt, Staub und Hitze stiegen zwischen den Männern auf und erfüllten die Luft mit einem undurchdringlichen Vorhang, während raues Schlachtgebrüll im Takt der Trommeln den Mut in ihre Herzen trieb. Und als die Ebene zur Hälfte zerpflügt und in eine leblose Wüste verwandelt worden war, stockte das Heer plötzlich.

Auf ein Zeichen von Balatas, der neben Rogan ritt, dröhnte es in tiefen Tönen durch die Reihen der zehntausend Männer, das Sekunden später in gleicher Weise von Cenotes Männern beantwortet wurde. Und während der chorale Sturm sich lautstark in die Luft erhob, wechselte Rogan auf den Streitwagen über, den Balatas für ihn be reithielt, und lenkte ihn im Trab zwischen die beiden Heere. Er spürte den durchbohrenden Blick seines Bruders Cenotes, der ihm mit schnellen Schritten entgegengelaufen kam. Er sah das Aufblitzen seines Schwertes in der Morgensonne und das sanfte Spiel des Windes in seinem langen Haar. Dann standen sie sich gegenüber. Rogan musterte Cenotes mit verkniffenen Augen, doch der hielt seinen Blicken stand. Rogan sprang vom Streitwagen und versetzte den Rössern einen Hieb, sodass sie im Staub der Hitze davonsprengten. Nun war er mit Cenotes allein – inmitten der Heere, die nur auf ein Zeichen ihrer Anführer warteten, um übereinander herzufallen.

Wieder begegneten sich ihre Blicke, und wie auf Kommando knüpften beide ihre Umhänge auf und warfen sie zusammen mit ihren Helmen kampfbereit in den Staub der Erde. – Der eine war so kräftig gebaut wie der andere. Ihre massigen Schenkel und Brustmuskeln schimmerten im Glanz der Sonne. Rogan zog sein Schwert aus der Scheide und stieß es mit Wucht in den Sand. Den Dolch in seinem Stiefelschaft verbarg er vor den Augen seines Bruders, während er den Schild weit von sich warf und auf Cenotes zuging.

„Du willst Krieg, Bruder?!", brüllte er mit weit aufgerissenen Augen und schlug sich gegen die Brust. „Töte mich und der Ruhm wird dir ewig folgen!"

Cenotes lachte schallend, warf sein Schwert in den Sand und erwiderte: „Dich töten. Du bist längst tot. Geh hin, sie warten auf dich. Auf dass du sie im Jenseits um Vergebung bittest."

Rogan grinste Cenotes verächtlich an: „Die Toten sind tot, sie vergeben nicht. Ihr Fleisch verfault. Zieh ab oder ihr seid alle totes Fleisch!" Seine Stimme klang rau und dreckig. Er war ungeduldig, das Wortspiel dauerte ihm schon zu lange. Seine Mundwinkel zuckten angriffslustig, während er Cenotes aufreizend musterte und langsam um ihn herumging.

„Taurons Krone gehört mir, nimm du die Ratten und das Gesindel! Ein faires Angebot, findest du nicht?" Rogan blieb hinter Cenotes stehen, der mit keiner Miene zuckte. Er sah das Schwert seines Bruders im Boden stecken und war sich sicher, vor einem Angriff sicher zu sein. So neigte er nur leicht den Kopf und suchte ihn im Augenwinkel. Doch dann spürte er plötzlich einen kalten Hauch im Rücken und hektische Bewegungen. Blitzschnell drehte er sich um und sah, wie sich drei Feen und die Elemente des Lebens in Sekunden materialisierten. Unter ihnen war auch Adinofis, die von Rogans Dolch im Rücken durchbohrt heftig blutend in seine Arme fiel.

Augenblicke später senkte sich ein Schatten auf Adinofis herab und etwas Weiches berührte ihre Lippen. Sie vernahm eine Stimme und öffnete ihre Augen. Cenotes hauchte, über ihre Lippen gebeugt, sein Entsetzen, seine Liebe und wieder sein Entsetzen. Tränen rannen über sein Gesicht und benetzten Adinofis' Wangen. „Wie ...?"

„Der Dolch, Liebster. Rogans Dolch", flüsterte Adinofis unter Schmerzen, „Er galt dir. Wir waren auf dem Weg hierher. Rogan trat heimtückisch hinter dich. Ich konnte doch nicht zulassen ..." Schluchzend schmiegte sie sich an ihn. Der Schmerz in der Brust nahm ihr den Atem. Sie hustete und krümmte sich, bis ihr Körper in Cenotes Armen schließlich erschlaffte.

Mit Tränen in den Augen sah Cenotes auf und flüsterte in den Kreis der Versammelten: „Wenn ihr nicht helft, dann stirbt sie! Tut etwas, bitte!" Die Worte hallten in der Stille wider, und ein Gefühl der Dringlichkeit ergriff die Versammelten. Sie wussten, dass ihre Entscheidung in diesem Moment das Schicksal eines Lebens bestimmen würde, eines Wunders womöglich.

Sol trat in die Mitte, und zum ersten Mal schien es den Umstehenden, als zöge Traurigkeit über sein emotionsloses Gesicht. Er kniete neben Adinofis nieder. Und während Aeras mit einer Handbewegung die Erde erbeben ließ und die beiden Heere in den Staub warf, flüsterte Sol Adinofis zu: „Das ist der Moment, da sich dein Schicksal erfüllt. Dafür wurdest du geboren, Adinofis. Eine Fee, die Menschliches und Mystisches in sich vereint. Dich haben wir erwählt, der Liebe zu begegnen, der Pflicht und dem eigenen Tod, um den Menschen den richtigen Weg zu zeigen. Dein Opfer ist ihre Rettung. Erinnere dich an das Konzil, Hohepriostine: Berühre die Herzen der Menschen und du gewinnst ihren Verstand."

In diesem Moment wusste Adinofis, worin ihre Aufgabe bestand. Sie drehte den Kopf und strich Cenotes zärtlich durchs Haar. Es fiel ihr schwer, sich von ihm zu verabschieden, denn sie wusste, dass es ein Abschied für immer sein würde. Sanft zog sie ihn an sich und küsste ihn lange auf den Mund. Als sie von ihm ließ, strömten Tränen an ihren Wangen herunter, während ein letztes verzweifeltes Lächeln sein Herz berührte. Dann sah sie in Sols große, lidlose Augen. Sie hatte keine Angst vor dem Vergehen, jetzt da sie die Erfüllung ihres Daseins finden würde, da sie zurückkehrte an den Ort ihrer größten Liebe – zu ihrer Mutter Nora und ihrem Vater Loke.

Adinofis Kopf sank zur Seite. Die Energie um sie herum begann zu pulsieren und die Gedanken und Wünsche im Kreis der Versammelten verschmolzen miteinander. In diesem Augenblick waren sie nicht mehr nur Einzelwesen, sondern ein untrennbares Eins, vereint durch den unerschütterlichen Glauben an die Kraft einer Fee, das Gute im Menschen zu wecken.

Die Luft knisterte vor Spannung und ein sanftes Leuchten umhüllte Adinofis, als ob das Universum selbst auf sie reagierten würde. Sie sah in das ferne Licht der Sonne und flüsterte kaum hörbar: „Ich entsage dem Menschlichen in mir. Ich pflanze all meine Liebe in die Herzen der Menschen, damit sie abkehren von Krieg und Verderben."

Außer den Elementen wusste niemand der Umstehenden, was nun geschehen würde. Auch kannten sie nicht die unbändige Kraft in Adinofis, die sie nun zu entfesseln imstande war. Umso größer war das Erstaunen, als Sol mit beiden Handflächen über Adinofis' Körper strich und sie sich schreiend aufbäumte. Sie bog sich wie ein Halm im Wind, und aus der Tiefe ihres Innern erwuchs ein sternenförmiges grelles Licht, das in den Himmel aufstieg. Für kurze Zeit erhellte eine zweite Sonne den Tag, dann löste sich ihr Geist vom Körper und ging ein in die Sphäre des Lichts, während Sol und die anderen nach Atragon zurückkehrten. Das Licht unter dem Himmel aber sank auf die Menschen nieder und strömte in ihre Herzen, die nun erfüllt waren von der Kraft und Wärme eines Wesens, das sich selbst in die Pflicht genommen hatte, zu retten, was dem Untergang geweiht schien.

EPILOG

Noch Jahre später sprach man in Atragon über den heroischen Kampf der Adinofis. Man nannte ihren Namen mit Ehrfurcht und ehrte sie alljährlich an ihrem Todestag mit einem Fest.

Bei den Menschen aber war sie längst vergessen.

Cenotes hatte sich von ihnen abgewandt und Tauron verlassen. Der Tod seiner Adinofis hatte ihn schnell altern lassen. Sein Haar war schneeweiß geworden, tiefe Falten durchzogen sein Gesicht und sein Körper war ausgezehrt und kraftlos geworden. Von König Rogan geächtet und durch den schmerzlichen Verlust gezeichnet, vergrub er seine Seele in Trauer und Einsamkeit und zog mit Hab und Gut nach Saragon zum schwarzen Berg Gefos.

Hesaret und Ensine fanden ihn nach langer Suche in einer Höhle des Berges vor einem Grabstein sitzend – abgemagert, den Rücken gebeugt und in Tränen aufgelöst. Kein Wort drang zu ihm durch, kein Trost, keine Erinnerung an gemeinsame Tage.

Als Jahre später Fremde den legendenreichen Berg auf der Suche nach Antworten zu unheimlichen Geschichten und seltsamen Funden bestiegen und in die dunkle Höhle vordrangen, entdeckten sie neben einer Steintafel Kleidungsfetzen, unter denen die Knochen zweier Menschen lagen. Sie fragten sich: „Ist dies der Ort, von dem man in den Tavernen Taurons Seltsames hört – dass er von alten Geistern bewohnt und ein Tor zu einer Welt sei, in der Zeit und Raum verschwimmen?" Neugierig kauerten sie sich vor die Steintafel und lasen die verwitterte Schrift:

Kerzenschein liegt in der Luft und mein Gesicht tanzt
schemenhaft auf blutverschmiertem Fels. Mein Mund
klafft weit, entstellte Lippen formen quälend Schmerz
und Bitterkeit. Und bleich im trüben Lichte, einsam,
ohne Trost und über hingestrecktem Leib mich wiegend,
beklag ich laut, was mir genommen ward: „Kein Licht
am Horizont, kein Stern der bricht die Dunkelheit. Oh
Engelsscharen kommt, vertreibt die finstren Schatten mir
und sammelt euch vor ihrem Leib! Streckt aus ins
Dunkle eure Macht und hebt sie aus dem Schattenreich
als brause Feuer in der sturmzerfetzten Nacht."

Mein Klageruf verhallt und Stille schwelt im fahlen
Licht tief unten aus den Höhlen toter Macht,
schwingt drohend auf, stößt hart auf Schmerz,
auf kalten Fels, verschlingt den süßen Kelch,
die Fieberglut, den Sturm, der Hoffnung
trieb ins Blut. Dann fährt ein stummer Schrei durch
meine Qual und mein Gesicht, von Schmerz
entstellt, sinkt trostlos nieder auf den toten Leib.
Nun taumeln die Gedanken zeitlos,
wirr im Geist mein Körper schwankt,
gebeugt, gequält, von Dunkelheit und Kälte
fest umhüllt, bis dass der letzte Stern vergeht
und zartes Licht die Düsternis des grausen Ortes bricht.
Am Morgen bricht das Erdreich auf, wo fahler Kerzenschein mit Tod und Trauer eng verwoben, und wilde Rosen ranken aus den dunklen Tiefen hoch, umschließen
dicht gedrängt den Ort der Trauer, um dir und mir
ein ewig blühend Grab zu betten ...

Verdichtete Szenen aus der Atragon-Trilogie

Seelenheil
Kerzenschein liegt in der Luft
und ein Gesicht tanzt schemenhaft
auf blutverschmiertem Fels.
Der Mund klafft weit,
entstellte Lippen formen quälend
Schmerz und Bitterkeit.

Und wie im dunstigen Licht erblassend,
einsam, ohne Trost und über
hingestrecktem Leib sich wiegend,
beklagt es laut der toten Liebsten Mal.
„Kein Licht am Horizont.
Kein Stern, der bricht die Dunkelheit.
Oh Engelsscharen kommt,
vertreibt die düstren Schatten mir
und sammelt euch vor ihrem Leib!
Streckt aus ins Dunkle eure Macht
und hebt sie aus dem Schattenreich
als brause Feuer in der sturmzerfetzten Nacht!"
Der Klageruf verhallt und
Stille schwelt im fahlen Licht
tief unten aus Gewölben toter Macht.
Sie schwingt sich drohend auf,

stößt hart auf Schmerz, auf kalten Fels,
verschlingt den süßen Kelch,
die Fieberglut, den Sturm,
der Hoffnung trieb ins Blut.

Da fährt ein stummer Schrei
durch Schmerz und Qual,
wie Stürme sterbend fallen,
und das Gesicht auf blutigem Fels,
von Seelenqual und Leid entstellt,
sinkt trostlos nieder auf den bleichen Leib.

Nun taumeln die Gedanken zeitlos,
wirr im Geist der Körper schwankt,
gebeugt, gequält, von Dunkelheit
und Kälte fest umhüllt, bis dass der
letzte Stern vergeht und zartes Licht
die Düsternis des grausen Ortes bricht.

Da birst das Erdreich auf,
wo blutiger Fels in fahlem Kerzenschein
mit Tod und Trauer eng verwoben.
Und wilde Rosen ranken
aus den Tiefen dunkler Macht,
umschließen dicht gedrängt den Ort des Todes,
den Liebenden ein ewig blühend Grab zu betten.

Feuersturm

Still ragt der Wald,
von geisterhaftem Nebel fest umhüllt.
Das Leben darin war verstummt,
verbarg sich tief in Höhlen,
zwischen Wurzelwerk
und knorrigem Geäst.

Und dort, wo vorher Farn mit hohem Gras
und dornigem Gestrüpp verwoben,
wo lieblich süßer Duft von wilden Rosen lockte,
da war das Erdreich aufgebrochen,
die Wurzelstöcke freigelegt und
pestiger Gestank von faulem Fleisch erhob sich
über waffenstarrendem Gewand.

Doch furchtlos aufgestellt am Rand
der grauen Düsternis, die Feen von Atragon,
bereit, beim ersten Sonnenstrahl
die finstre Brut des Sartos tödlich zu umarmen.
Kein Zweifel hegte ihre Herzen
noch Mitleid oder Gnade gar.
Erhaben standen sie, die Hüter allen Seins,
die Reihen fest gefügt
und tief beseelt im Geist,
die Schlacht zum Sieg zu führen.

Als dann der letzte Stern im Nichts verschwand,
als zartes Licht den trüben Ort beschien,
da schlugen sie im Takt die Schilde mit dem Schwert
und raues Schlachtgebrüll erhob sich tosend
über Taurons Buchenwald.

Noch war der Schlachtruf nicht verhallt,
da ließ das Feenheer die Feuerstürme los.
Aus dunklen Wolken brach der Flammenschwall
und Todesstille sank im Widerschein der feurigen Gewalt
auf Blätterkronen, dorniges Gestrüpp und Wurzelwerk.
Nichts schien dem Flammenmeer
zu widerstehen. Wo lodernder Canto
die hölzernen Giganten peitschte
und flirrend heiße Feuersbrunst
das Morgengrau zum lichten Tag erhob,
stieg dichter Rauch und beißender Gestank
von seelenlosem Fleisch in heiße Wolkentürme auf.

Kein Fußbreit wichen sie,
die Feen von Atragon – gewillt,
den infernalen Ort mit Blut zu löschen.
Doch als der graue Vorhang sich verzog
und nur noch Ascheregen über heiße Ebnen zog,
trat aus der atemlosen Glut
die gegen jeden Tod gefeite Wächterbrut.

Das Gewand der Wahrheit
Der Stoff, aus dem der Mensch
die Wahrheit webt,
gleicht dem Gewand,
das er vor Angst und Kälte zitternd
sich schützend um die Schultern legt.

Denn wisst!
Es ist die Vielzahl seiner Art,
die ihn im Geist beschränkt,
in die er sinkt, wenn menschlich
Maß ihn dazu zwingt.

Doch wirft er ab
das schützende Gewand,
entflieht der stumpfen Masse Wahrheit,
ein flammend Licht
wird seinen Geist erhellen,
ins Dunkle schwinden Angst
und Hoffnungslosigkeit.

Was die Menschen bewegt
Ob die Welt sich noch dreht,
wenn die Gewalt will nicht enden,
wenn das Leben wird sterben
und mit Waffen man schnell noch
um den Frieden will werben?

Wird sie sich noch drehen,
wenn Feuerstürme den Himmel umwehen,
wenn keine Tränen mehr fließen,
weil man das Leid wird aus Kübeln gießen,
wenn der Regen vergeht
und der Hunger nagt im Gedärm,
wenn der Tod durch die Straßen streift
und die Menschen fallen wie Fliegen?

Man sucht die Antwort, scheint so gescheit.
Doch der Menschen Heere stehen bereit,
um weder Mitleid noch Gnade zu bringen,
sondern in heiliger Rüstung dem anderen
Gott ihre Wahrheit aufzuzwingen.

Sie türmen Leichenberge zuhauf,
bauen Macht und Einfluss darauf auf,
knechten und rauben, um dem Joch
die Ewigkeit einzuhauchen.

Und ob dann die Welt sich noch dreht,
wird die Menschen nicht scheren.
Sie werden in ihren Gräbern logieren,
bis ein neues Geschlecht
beginnt dies grausame Geschäft.

Nur dafür wurdest du geboren
Still war der Morgen, totenstill.
Das Land gebar nur Nebel – düster,
schaurig, alles Leben schwieg,
und in den Feldern lag versteckt
ein sanftes Windgeflüster, noch.

Und dort, wo Adinofis stand,
inmitten tausendfacher Ähren,
die in den Himmel ragten auf, da hallte
ihrer Mutter Stimme in ihr nach:
„Der Menschen Rettung sollst du
sein, nur dafür wurdest du geboren."

Da schrie sie auf:
„Nur dafür, zu mehr nicht?
O Mutter, komm zurück!
Soll das mein Schicksal sein,
meine eherne Pflicht?
Was ist mit meiner Liebe, sprich?!
Ist sie nur Illusion für mich?"

Vom Zorn übermannt, der wie ein Vulkan erbricht
seine Glut, entlud sich im Zepter, das sie
gen Himmel hielt in der Hand, der blendend
heiße Strahl ihrer rasenden Wut.

Und im Widerschein dieser magischen
Gewalt zog ein grollend Sturm in dunkle
Wolkentürme auf, riss Korn
und Bäume, Wurzelwerk
und Erdreich mit, zu Hauf.
Und weit von ihr entfernt die Berge
wankten, und in die Täler donnernd
stürzten Felsgiganten. Flüsse, Seen
wogten schäumend an den Himmelsrand
und jedes Leben starb im Umkreis,
wo ihr Zorn entbrannt.

Reglos stand sie, bleich und stumm
und tief in ihrer Seele blies ein Sturm,
als wollten alle Weltenwinde
der Mutter Worte lösen aus dem
festen Gebinde.
Doch auf der verbrannten Erde,
wo ihre Hände, Kleid und Füße
rußgeschwärzt selbst eignem
Zorne widerstanden,
da fand sie keinen Ausweg,
ihrem Schicksal zu entgehen.
So ließ sie ab von ihrer Wut
und des Zepters magischer Glut,
sank weinend zu Boden,

fühlte sich trostlos und leer,
und die Tränen in ihrem Schoß
wogen wie Steine so schwer.
Und als der Schmerz war endlich
verflogen und des Schicksals Härte
sich mit ihrem Herzen hatte verwoben,
entstieg ein Leuchten der kühlen Erde,
sanft, und trug sie nach Atragon,
zu beenden ihren schrecklichen Kampf.

Dunkler noch als jede Nacht
Rot wie Blut floss das Wasser in breiten Rinnsalen
und Menschen hetzten schreiend
durch den grauen, windgepeitschten Tag.
Sie flohen vor dem Tod, der über ihnen hing
in mächtigem Gewand, und der noch dunkler ward
als jede sternenlose Nacht.

Kein Stein war groß genug,
dahinter Schutz zu finden,
kein Loch so tief, sich sicher zu verbergen.
Wo seine Sichel siegreich war,
wo Schmerz und Qual von Stille eingeschnürt,
in stinkenden Kloaken tief versank,
ließ widerlicher Leichendunst den Atem stocken,
dass Blut und Herz zum Stillstand kam.

Vergessen war der Schmerz, die Angst
und all das Fluchtgetümmel, entsetzt der Blick
auf einen Berg aus Leichen.
Ein leises Wimmern drang daraus hervor,
das ohne Hoffnung schien, dem Einen zu entrinnen,
der mächtig war und dunkler noch,
als jede sternenlose Nacht.

Personen und Orte

Anja: Tochter der alten Seherin Meriste und Mutter von Ensine. Sie ist eine sanftmütige und ständig um Ensines Wohlergehen besorgte Frau, die ihren Mann an die Wächter verliert und im Kampf gegen Sartos Mut und Entschlossenheit beweist. Sie ist eine selbstbewusste Frau, die nach dem Tod ihres Mannes beim Kampf gegen Sartos Mut und Entschlossenheit zeigt. Zwischen Mutter und Tochter besteht ein anhaltender konkurrierender Konflikt, manchmal wütend, manchmal still oder auch sachlich ausgetragen: Ensine will sich von der Mutter lösen, will ihrer Mutter beweisen, dass ihre seherischen Kräfte groß genug sind, um ihren eigenen Weg zu gehen. Die Mutter hingegen will ihre Tochter vor Gefahren schützen, schließlich hatte sie ihren Mann schon an die Wächter verloren, und erkennt erst sehr spät, dass sie Ensine vor dem Leben nicht schützen kann.

Adinofis: Die Hüterin der Menschen und Priesterin im Hohen Rat. (schlank, schwarze, rückenlange, wellige Haare, makellose helle Haut, schwarze Pupillen und 300 Jahre alt)

Eine intelligente, mutige und rebellische Halbfee, die den alten intriganten Feenrat stürzt und sich im Kampf gegen Sartos zur Führungsfigur ihres Volkes entwickelt. Die Ereignisse enthüllen ihre menschliche Hälfte und die Erkenntnis, dass sie nur zu einem Zweck geboren wurde: die Menschen vor ihrer Vernichtung zu bewahren. Sie verfällt in Liebe dem Prinzen Cenotes und muss sich zwischen diesem so menschlichen Gefühl und ihrer Pflicht als Fee entscheiden. Ein Konflikt, der nur durch ihren Tod gelöst werden kann.

<u>Antill:</u> König von Pragon. Von den vier Königshäusern wegen seiner inzestuösen Verbindung zu seiner Schwester Isrim wenig geschätzt. Terofem, Frau von König Argonat und Mutter von Rogan und Cenotes, war Antills Tochter. Blutschande konnte über Generationen hinweg durchaus zu geistiger Verwirrung führen oder körperliche Gebrechen hervorrufen. Antill selbst litt seit Jahren an geistiger Umnachtung, während Isrim die Geschäfte des Reiches führte.

Balatas: Freund und Bandenmitglied von Rogan. Einst „Erster Leibwächter" von König Argonat und später Vertrauter Rogans, des leiblichen Sohnes des Königs. Ein intelligenter, häufig in sich gekehrter und mit unbändiger Kraft ausgestatteter untersetzter Muskelprotz von 46 Jahren. Balatas hat Rogans Tod in der Schlachtgrotte nach dessen Auftauen aus der Eiskammer verhindert, indem er sich den Wächtern in den Weg stellte. Seitdem waren sie zusammengeblieben, sind ziellos durch die Lande gestreift und hatten sich herumstreunendem Gesindel angeschlossen, bis ihm Balatas eines Tages von seiner damaligen Stellung als „Leibwächter" am Hofe Argonats erzählte. Ein Tag, den Rogan nie vergessen würde, der ihm enthüllte, dass königliches Blut durch seine Adern fließt und er nach Recht und Gesetz Thronfolger Taurons ist. Balatas blieb stets im Schatten von Rogan, gemäß seinem Treueschwur gegenüber König Argonat, dem Vater von Rogan.

Bröser: Soldat der Bürgerwehr von Tauron. Stämmig, ruhig, wortkarg, kampferfahren mit Schwert, Lanze und Messer. Hat schon an der Seite von Reimer in der Schlacht um Tauron gegen Sartos gekämpft. Würde einen Befehl nie hinterfragen. Hat beim Angriff der Wächter auf Tauron Frau und zwei Kinder im Alter von 10 und 14 Jahren verloren. Was vorher Treue zu König Argonat sein Antrieb war, das Böse zu verfolgen und zu vernichten, ist es jetzt die Rache für den Verlust seiner Familie.

Bouster: Ein Spiel, das Gill und sein Freund Rodolf spielen. Man streift sich ein magisches Wurfdreieck über die Hand, nimmt eine zwei Zentimeter große goldene Kugel, versetzt diese auf dem Boden in Drehung und versucht sie mit einem eleganten Stoß einen Meter über dem Boden in ein kleines Loch an der Wand gegenüber zu versenken. Je öfter die Kugel dabei die seitlichen Wände berührt, umso mehr Punkte gewinnt der Spieler zusätzlich.

Cenotes: Von Adinofis auserwählt und mit besonderen Fähigkeiten gesegnetes Kind. Cenotes wurde nicht gezeugt, sondern von Adinofis, entgegen den Gesetzen des Hohen Rates zur Einmischung in das Leben der Menschen, in den Leib der Königin Terofem gelegt. Er ist groß gewachsen, schlank, muskelbepackt und besitzt einen wachen, scharfsinnigen Verstand. Mit 20 Jahren erfährt er von seiner Her-

kunft und von den Ereignissen um Adinofis. Mit Gleichgesinnten schließt er sich ihrem Kampf gegen Sartos an
und verliebt sich schließlich in sie. Trotz seines Wissens
um seine Herkunft, lockt ihn die Königswürde und lässt es
auf eine Auseinandersetzung mit seinem Halbbruder und
einzig legitimen Thronfolger Rogan ankommen.

Dalia: Hohepriesterin im Rat der Feen. Machtgierig und
skrupellos schließt sie ein Bündnis mit Sartos und übergibt
ihm die Flamme des Lebens. Sie übt Verrat am Volk der
Feen, wird daraufhin von Adinofis entmachtet und nach
Moron, in die Sphäre der Verdammten, verbannt. Jahre
später befreit Sartos Dalia aus Moron. Er braucht sie erneut, da aus für ihn unerfindlichen Gründen seine magische Kraft schwindet. Dalias Lösung ist der Ring der
Ewigkeit, den sie, von den Elementen in Moron in Sicher-
heit gebracht, aus der Sphäre der Verdammten mitbringt
und gegen die Elemente und die Feinde von Sartos ein-
setzt.

Der Alte: Bauer und Händler. Erwirbt in Friedenszeiten
hohes Ansehen als Baumeister der Stadtmauer von Tau-

ron. Wird auf der Fahrt zum Markt nach Tauron mit seinem Kutschwagen voller Rüben von Rogans Bande überfallen, beraubt und mit dem Tode bedroht. Die Bürgerwehr von Tauron findet ihn auf halbem Weg, versorgt seine Verletzungen und nimmt die Verfolgung der Bande auf, verliert aber vor den Toren Taurons sein Leben durch giftiges Brunnenwasser.

Das Narbengesicht: Hauptmann der Bürgerwehr von Tauron. Befehligt seine Truppe auf der Jagd nach dem Banditen Rogan. Nach dem Überfall auf ein Dorf, nimmt er die Bande und deren Anführer fest. In einem Waldstück kommt es während eines Befreiungsversuches zu einem Massaker an der Bürgerwehr und ihrem Hauptmann.

Delf: Sohn der Familie, die im Hochgebirge von Saragon vor den Sammlern flieht.

Ensine: Anjas Tochter und die Enkelin der alten Seherin Meriste. Eine rebellische Fünfzehnjährige, die sich der Führsorge der Mutter entziehen und dem Ruf ihrer Visionen folgen will. Zwangsläufig gerät sie so in das Zentrum des Kampfes um das Gleichgewicht des Lebens. Ensine ist eine aufgeweckte, mutige junge Frau, die später in ihrem Kampfgefährten Hesaret die große Liebe findet, im Laufe der Jahre zu einer Frau heranreift und schlussendlich den konkurrierenden Konflikt mit ihrer Mutter löst.

Gill: Der Gehilfe und Ratgeber von Adinofis, dem Volk der Engel zugehörig, und ehemaliger Gehilfe der Feenkönigin Nora (der Mutter von Adinofis). Kaum höher als ein Daumen, ist sein Mundwerk gelegentlich größer als er selbst. Seine schwarzen und verschmitzt blickenden Augen scheinen immer etwas auszuhecken. Adinofis liebt seine zu klein geratene Nase, die ständig trieft, die frechen Züge um seinen Mund, wenn er lautlos lacht, seine kessen Sprüche und das Strahlen in seinem Gesicht, wenn sie darüber zu lachen beginnt. Gill trägt eine Mütze aus weißem Schmeichelmoos, eine braune knielange Lederhose und einen Schulterumhang aus rotem Leinen, unter denen sich kleine zerbrechliche Flügel verbergen. Er liebt es, mit seinem Freund Rodolf „Bouster" zu spielen und Weinmoos zu trinken, gelegentlich auch mal ein Opiat zur Auflockerung zu nehmen.

Centuren: Generäle der Streitkräfte von Atragon.

Hesaret: Cenotes' Jugendfreund und Kampfgefährte und der Sohn von Reimer, dem Anführer der targonischen Armee. Trotz seines warmherzigen Wesens ist Hesaret ein kampferprobter Recke, reicht aber längst nicht an die Kraft und Stärke seines Freundes Cenotes heran. Er verliebt sich in Ensine und kehrt auf der Suche nach seinem Vater nach Jahren zu ihr zurück.

Isonde: Eine neugeborene Kriegerfee, die ihrer Schönheit und ihres Mutes wegen im Kampf gegen Sartos hohes Ansehen im Feenvolk erwirbt. Sie führt das Volk der Engel in die Schlacht und wird von Adinofis zur Priesterin der Tiere und Pflanzen in den Hohen Rat berufen.

Isrim: Schwester von König Antill, lebt mit ihrem Bruder im Inzest und zeugt Terofem, die Mutter von Cenotes und Rogan.

Krygon: Priostin (Priester) und Hüter des Volkes der Seher. Ein hervorragender Stratege, intelligent und mit der

Fähigkeit ausgestattet, die Gedanken der Menschen und Feen zu lesen. Wird im Jahr 912 der Zeitrechnung (zusammen mit Dagor, dem zweiten männlichen Feenwesen) wegen dieser Fähigkeit zum Gesandten der Sphäre des Lichts in den Hohen Rat berufen.

Loke: Torwächter Taurons und der Vater von Adinofis. Ein markant männlicher Typ, mit breiten Schultern, ausgeprägten Gesichtszügen und einem wachen Verstand, dessen Herz voller Sanftmut und Liebe ist. Die Feenkönigin Nora verliebt sich in ihn und sie zeugen Adinofis. Von Adinofis vor dem Hungertod gerettet gelangt er in hohem Alter nach Atragon und wird von ihr bis zu seinem Tod gepflegt.

Meriste: Anjas Mutter und das Oberhaupt des Volkes der Seher. Sie ist eine weise, warmherzige und naturverbundene Frau (Mutter-Teresa-Typ). Ihre Visionen weisen Adinofis den Weg im Kampf gegen Sartos' Heerscharen. Sie warnen, befürworten, schockieren und lehren sie, das Richtige zu tun.

Marit: Protokollfee in Atragon.

Metron: Protokollführer des Königs von Targona. Ein genialer Organisator, mit scharfem Verstand und einer warmen, gutmütigen Ausstrahlung. Er hat ein faltiges Gesicht, mit Grübchen in den Wangen und eine achtbare, stattliche Statur. Seine Jahrzehnte andauernde Liebe zu Sidonis wird schließlich von ihr erwidert.

Nora: Königin von Atragon, Adinofis Mutter, Mentor und Freundin. Sie wird von Dalia verraten und stirbt in Atragon während eines Angriffs der Wächter. Sie hinterlässt ein Tagebuch, in dem sie Dalias Verrat aufzeichnet. Darüber hinaus enthält es private Mitteilungen und Anweisungen für Adinofis, die ihre Herkunft und den Kampf gegen Sartos betreffen.

Piecock: Sammler und Geschöpf von Sartos – ein bleicher, nackter und kleinwüchsiger Mensch, der mit mächtigen Schwingen ausgestattet Menschen sammelt, sie später schätzen lernt und ihnen im Kampf gegen Sartos hilft.

Rona: Tochter der fliehenden Familie in Saragon.

Rogan: Der erstgeborene Sohn von König Argonat. Ein arroganter, skrupelloser und machtbesessener Mensch, der Anspruch auf die Nachfolge seines Vaters erhebt. Als Anführer eines Heeres marodierender Mörder und Halsabschneider zettelt er einen Krieg gegen seinen Halbbruder Cenotes an, der zum König Targonas gekrönt werden soll.

Reimer: Krieger und Anführer der targonischen Armee, Vater von Hesaret. In der Schlacht um Tauron verstümmelt, gerät er in die Fänge der Wächter und stirbt in einer Eiskammer von Trong.

Setre: Oberster Befehlshaber der Sammler. Fühlt sich im Kreise der Generäle von Sartos mächtig. Wird wegen seiner Machtambition auf Befehl von Sartos von General Wrong zum Zweikampf herausgefordert und getötet.

Sartos: Herrscher der „Inneren Erdwelt". Ein von Machtgier zerfressener und nicht sehr intelligenter Untote: roh, skrupellos, pervertiert und mit magischen Fähigkeiten ausgestattet. Er kam auf die Oberfläche Welt, um über das Leben zu herrschen. Seine Präsenz hat für die Ordnung des Lebens apokalyptische Folgen.

Sali: Führer einer Meldeeinheit, vom Volk der Engel.

Sidonis: die Amme des Prinzen Cenotes. Durch ein Treffen mit Adinofis erfährt sie von der magischen Seite der Welt und der Segnung des jungen Prinzen.

Salina: Adinofis' Freundin, Priostine im Rat der fünf Feen und Hüterin des Volkes der Waldfaunen, spätere Priostine des Heeres und Nachfolge der Hohenpriostine Adinofis.

Terofem: Cenotes' Mutter und Königin von Targona. Als Tochter des Königs von Pragon wird sie mit dem König von Targona verheiratet und bringt zwei Jungen zur Welt: Rogan und Cenotes.

Thyra: Adinofis' Vertraute. Eine kampferprobte, muskelbepackte Kriegerin, die sich bedingungslos in den Dienst Atragons stellt.

Wrong: Der „Oberste General" des Wächterheeres von Sartos. Machtbesessen und skrupellos.

Priostin/e: Priester/in im Hohen Rat von Atragon. Unter der Hohenpriostine Dalia gab es vier Priostinen sowie zwei Priostine. Nach ihrer Absetzung wurden nur noch drei Priostinen und ein Priostin in den Rat berufen. Die Verkleinerung des Hohen Rates von Atragon und die damit verbundene Zusammenlegung einzelner Funktionen waren der Tatsache geschuldet, dass das Feenreich im Bündnis mit den Menschen in den Kriegszustand überging.

Die Könige

Argonat: König von „Targona" und Herrscher über den südwestlichen Erdkreis.

Antill: König von Pragon, Herrscher des südöstlichen Erdkreises.

Lan: König von Saragon, Herrscher über den östlichen Erdkreis.

Toragon: König von Mertona, dem Gebiet des westlichen Erdkreises.

Die Königreiche

Pragon: Eine weite Steppenlandschaft im südöstlichen Erdkreis, mit großen Herden wild lebender Tiere. In der Nähe der Siedlungen und Städte halten die Menschen Rinder und Schafe. Im Innern des Landes liegen weite abgezäunte Grasflächen, auf denen die berühmten Pragoner-Hengste gezüchtet werden. Aus Mittmeer kommende Regenwolken hinterlassen in Pragon ein wasserreiches Fluss- und Seengebiet.

Targona: Das Königreich erstreckt sich entlang des südwestlichen Erdkreises, von den bewaldeten Gebieten Pragons bis an das nordwestliche Küstengebiet von Mittmeer. Durch sein gemäßigtes Klima, der endlos scheinenden Wälder und dem reichhaltigen Wasser- und Wildbestand, fand hier die zahlenmäßig größte Ansiedlung von Menschen statt. Die Hauptstadt Tauron entwickelte sich über die Jahrhunderte zum wichtigsten Handelszentrum zwischen den Königreichen.

Saragon: Eine reine Gebirgslandschaft, mit tiefen Tälern, Schluchten, dichten Wäldern und einem reichhaltigen

Wildbestand. Seine höchste Erhebung ist Gefos – ein Berg, dessen Gipfel fast ständig von schweren Regenwolken verhangen ist. In den Wäldern Saragons siedeln sowohl die Waldfaunen als auch das Volk der Seher. – Während der Zeit, da Sartos die Erdkreise beherrschte, nahm die Bevölkerungszahl Saragons drastisch zu. Zahlreiche Menschen flohen aus den umliegenden Königreichen vor den Heerscharen der Sammler in die Berge, um sich in den Wäldern oder den Höhlen von Gefos zu verstecken. – Das Korsaktal, die tiefste Ebene Saragons, ist ein Zentrum für Begegnung und Handel. Im Tal erhebt sich das prunkvolle Schloss König Lans, das während Sartos' Herrschaft zu einer düsteren Ruine mutierte.

Mertona: das im Westen gelegene Königreich, das in seiner landschaftlichen Entwicklung am stärksten den Einflüssen des Mittmeeres unterworfen ist. Im Norden von Mertona überwiegen heiße, trockene Wüsten. Erst südlich des Landes findet man weite fruchtbare und bewohnte Gebiete mit dichtem Pflanzenbewuchs, großen Obstplantagen, Gemüse- und Getreidefeldern sowie zahlreiche Weinanbauregionen.

Lystien: der mit Eis und Schnee bedeckter südliche Erdkreis, ohne jeden Pflanzenbewuchs und Leben. Das Land ist zu vier gleichen Teilen den Königreichen angegliedert. Wie im kalten Norden peitschen auch hier Eisstürme das Land und überziehen es mit Schnee und glitzerndem Frost, der nur vor den heißen Quellen, dem spirituellen Ort des Volkes der Seher, im Landesinnern haltmacht.

Trong: Sartos' Reich im Norden. Ein gewaltiges schwarzes Bergmassiv mit tiefen Gängen und weiten Grotten, wie beispielsweise die Nahrungsgrotte, mit einer Grundfläche von zweihundert Mal zweihundert Metern und einer Höhe von sechzig Metern.

Der Rat der sieben Feen
Dalia: Hohepriostine
Adinofis: Hüterin der Menschen, eine Halbfee.
Dagor: Hüter der Engel, Gesandter der Sphäre des Lichts.
Igme: Hüterin der Pflanzen.
Kaschme: Hüterin der Tiere.
Krygon: Hüter der Seher, Gesandter der Sphäre des Lichts.
Salina: Hüterin der Waldfaunen.

Nach der Auflösung des „Hohen Rates der sieben Feen", aufgrund des Verrats der Hohenpriostine Dalia, wurde der Rat auf fünf Sitze verkleinert.

Der Fünfer-Rat

Adinofis: Hohepriostine und Hüterin der Menschen.

Isonde: Hüterin der Tiere und Pflanzen.

Thyra: Hüterin der Waldfaunen.

Salina: Priostine des Heeres.

Krygon: Hüter des Volkes der Seher, Priostin.

Die Elemente des Lebens

Sol: das Element des Lichts.

Idro: das Element des Wassers.

Terris: das Element der Erde.

Ferra: das Element des Feuers.

Aeras: das Element der Luft.

Die Elemente sind die Schöpfer der Erde und ihrer Lebewesen. Sie erschufen eine Welt, die im ewigen Gleichmaß zwischen Gut und Böse schwingt, zwischen Angst und Mut, Geburt und Tod, zwischen Tag und Nacht. Doch im

Streit um ihre individuelle Größe, experimentierten sie mit ihren Fähigkeiten. So geriet die Ordnung der Welt aus den Fugen. Eine Ordnung, in der nun das Böse überwog, die Angst den Mut beherrschte, der Tod über das Leben triumphierte und wo selbst die Nacht zur Ewigkeit wurde. Zu spät erkannten die Elemente die Folgen ihres Streits und begannen den fatalen Eingriff in die Ordnung der Welt zu korrigieren. Für die Jahrtausende andauernden Veränderungen öffneten sie die Sphären der Magie und beriefen Feen zu Hütern der Welt. Nora, die Erste von ihnen, erschuf Atragon, den Berg der Feen. Im Grenzgebiet zwischen den Königreichen Targona und Pragon gelegen, ragt das für Menschen unerreichbare und gewaltige Felsmassiv in den Himmel. Die Ausmaße seines Plateaugipfels erlauben ein ausgedehntes Areal von miteinander verbundenen Kuppelbauten sowie Wohn- und Wehranlagen. Das Zentrum bildet die Cella, die Halle der Flamme des Lebens.

Die Sphären

Die Sphäre des Lichts: Ein mystischer Ort der Feen, in den sie eingehen, wenn sie im Kampf ihr Dasein verlieren oder den Zeitpunkt ihrer Rückkehr aus der körperlichen Menschenwelt in die Welt der Magie verpassen. Aus der Sphäre des Lichts gibt es keine Rückkehr, die dort eingegangenen Feen verlieren ihre magischen Kräfte. Ihnen bleibt nichts als ihre geistige Fähigkeit und eine blasse leere Hülle, geformt aus Raum und Zeit. Beim Eintritt öffnet sich ein von Licht durchflutetes kugelförmiges Portal und nimmt die ihres Daseins beraubte Fee auf. Im Laufe der Jahrtausende bildete sich in der Sphäre des Lichts aber eine eigenständige Welt einstiger Feen, auf deren geistiges Potenzial der Rat von Atragon nicht verzichten konnte. Im Jahr 912 der Zeitrechnung kam man in Atragon überein, Krygon und Dagor, die einzigen männlichen Feenwesen als Verbindungsglieder und Gesandte der Sphäre des Lichts in den Hohen Rat zu berufen. Ihre Fähigkeit, die Gedanken der Feen zu lesen, war einzigartig und öffnete dem Hohen Rat zum ersten Mal eine Verbindung in die Sphäre des Lichts.

Die Sphäre der Geborenen: Geburtsort der Feen – ein Übergang in die Welt der Magie, in die Welt Atragons. In der Sphäre herrscht Stille, Wärme, Harmonie und Wohlbefinden. Wie einsetzende Wehen leiten Kontraktionen der Sphärenwand die Geburt einer neuen Fee ein. Das dem Portal der Sphäre am nächsten gelegene Feenwesen wird so in die magische Welt Atragons entlassen. Umgekehrt können Feen die Sphäre der Geborenen betreten um Verletzungen zu heilen, um sich zu erneuern und neue Kraft zu schöpfen.

Moron, die Sphäre der Verdammten: ein dunkler unwirklicher Ort der Kälte und des Gestanks, an den die Feen von Atragon die Seelen der Verbrecher, Verräter, Frauenschänder und Kindermörder verbringen. Aber auch abtrünnige Gehilfen und Feen gelangen an diesen Ort. Eine Welt, in der jede Macht und magische Kraft verloren ist, in der selbst mystische Wesen das Gefühl von Hunger und Kälte spüren und in der auch die Zeit sie altern lässt. Kurz, ein Ort des Grauens.

Schlacht um Tauron
Band 1 der Atragon-Trilogie
Taschenbuch: 296 Seiten
ISBN: 9783754303818
Verlag: BoD, Norderstedt

Seit Jahrtausenden wachen die Feen von Atragon über die Ordnung des Lebens auf der Erde. Eine Ordnung, die durch Verrat und Machtgier eines unheilvollen Paktes zerstört wird – nach der das Böse regiert, die Angst den Mut beherrscht, der Tod über das Leben triumphiert und wo selbst die Nacht zur Ewigkeit wird. Mit Gleichgesinnten deckt Adinofis, die Hüterin der Menschen, das verräterische Komplott auf. Im Strudel der Ereignisse wendet sich das Böse gegen Atragon, um sich allmächtig über das Leben zu erheben. Ein hoher Blutzoll ist die Folge. Vor den Toren Taurons, der letzten Bastion der Menschen, soll es zu einer alles entscheidenden Schlacht kommen, dessen Ausgang in den Händen von Adinofis und dem Bündnis mit den Menschen liegt.

Trong – Gequälte Seelen
Band 2 der Atragon-Trilogie
Taschenbuch: 292 Seiten
ISBN: 9783755701057
Verlag: BoD, Norderstedt

Zwanzig Jahre nach der blutigsten Schlacht, die die Welt je gesehen hatte, jagen „Sammler" die Reste der Menschheit und verschleppen sie in die eisigen Kammern der Nahrungsgrotte von Trong. Erneut schließt Sartos ein Bündnis mit der abtrünnigen Fee Dalia, die den Ring der Ewigkeit gegen die Elemente des Lebens einsetzen will. Doch es formiert sich Widerstand. Atragon erwacht zu neuer Größe und eine Gruppe von Menschen dringt in Sartos Felsenburg ein. Als man zwei von ihnen gefangen nimmt und grausam foltert, entschließt sich die Fee Adinofis zu handeln. Sie weiß, ihr Kampf ist voller Gefahren und ein Sieg gegen Sartos und Dalia ungewiss.

Ein ganz besonderer Tag
Kinderbuch, Hardcover
32 Seiten, mit Bebilderung
ISBN-13: 9783741265969
BoD-Verlag Norderstedt

Jule, ein kleines Mädchen mit niedlichen Zöpfen, lebt mit ihren Eltern in einem Haus mit Garten. Da Mama und Papa viel arbeiten müssen, ist Jule oft allein zu Hause. Um das zu ändern, wünscht sie sich zu ihrem achten Geburtstag ein kleines Meerschweinchen. Ihr Wunsch wird erfüllt, doch sie ahnt nicht, wie viel Arbeit mit dem neuen Freund und Spielkameraden "Putzi" verbunden ist. Eines Tages ist sie seiner überdrüssig und denkt mehr daran, mit ihren Schulkameraden im Garten zu spielen als sich um "Putzi" zu kümmern. Mama und Papa sind darüber sehr traurig und geben das Meerschweinchen vorübergehend zu den Nachbarn. Erst jetzt beginnt Jule darüber nachzudenken, was sie falsch gemacht hat. Ein Traum hilft ihr dabei. Nun versucht sie die Eltern zu bewegen, ihr „Putzi" wieder zurückzugeben. Doch wird ihr das gelingen?

Spindelfink Teil 2
Kinderbuch, Hardcover
32 Seiten, mit Bebilderung
ISBN-13: 9783757804251
BoD-Verlag Norderstedt

Dem kleinen Spatzen "Spindelfink" wird es in seinem warmen Nest eines Tages zu langweilig. Immer nur Würmer suchen, Müllers Katze ärgern und darauf warten, dass man groß und stark wird - wer will das schon? Als ein seltsamer großer Vogel hungrig am Teich von Nachbars Garten landet, freundet sich Spindelfink mit diesem an und erfährt von einer Welt der Tiere, die viel größer ist als sein Zuhause in Finkendorf bei Frau Müller im Garten. Er beschließt, dem fremden Vogel an diesen Ort zu folgen und findet schnell heraus, dass dort mehr gefährliche Abenteuer lauern, als er dachte.

Zu den bisherigen Figuren aus dem 1. Teil "Spindelfink - Wie ein Spatz fliegen lernte", sind neue hinzugekommen: Ludwig, der Löwe. Peter, der Pinguin. Der Pelikan Amadeus. Die Giraffe Gisela. Und Steward, die Schildkröte.

Ein schwimmendes Tier kommt leider nicht zu Wort, denn es blubbert nur dicke Blasen. Gemeint ist Kai, der Karpfen.

Epen über Atragon
Dichtung/Erzählung
68 Seiten Paperback
ISBN-13: 9783746059600
BoD-Verlag Norderstedt

Das Buch erzählt die dramatische Geschichte der in einen Dorfjungen verliebten „Miranda" und beschreibt auf dichterische Weise Szenen aus der bereits veröffentlichten Atragon-Saga.